中国传统民俗
ZHONGGUO CHUANTONG MINSU

民间
节庆
楹联

马芳 编著

Minjian
Jieqing
Yinglian

ZHONGGUO CHUANTONG MINSU

湖南美术出版社

图书在版编目（CIP）数据

民间节庆楹联 / 马芳编著.—长沙：湖南美术出版社，2014.10（2022.8重印）
（中国传统民俗）
ISBN 978-7-5356-5127-3

Ⅰ.①民... Ⅱ.①马... Ⅲ.①对联-介绍-中国 Ⅳ.①I207.6

中国版本图书馆CIP数据核字（2012）第014107号

中国传统民俗
民间节庆楹联

出 版 人：黄　啸
策　　划：左汉中　吴海恩
编　　著：马　芳
责任编辑：吴海恩
装帧设计：谢颖设计工作室
出版发行：湖南美术出版社
　　　　　（长沙市东二环一段622号）
经　　销：湖南省新华书店
印　　刷：永清县晔盛亚胶印有限公司
　　　　　（河北省廊坊市永清县工业园区榕花路3号）
开　　本：710 mm×1000 mm　1/16
印　　张：6
版　　次：2014年10月第1版
印　　次：2022年8月第7次印刷
书　　号：ISBN 978-7-5356-5127-3
定　　价：29.80元

邮购联系：0731-84787105　邮　编：410016
网　　址：http://www.arts-press.com/
电子邮箱：market@arts-press.com
如有倒装、破损、少页等装质量问题，请与印刷厂联系调换。
联系电话：0316-6658662

目 录

代 序

儿时的回忆 美好的情境

左汉中

人类进入21世纪以来，工业的高度发达和科技的飞速发展昭示着信息时代的到来，人们在享受着优裕的物质文明的同时，生活环境也发生了天翻地覆的变化。此时，不难发现，我们身边的人群已经开始对车水马龙的喧嚣和灯红酒绿的繁华产生了疲惫和厌倦。人们向往回归自然与质朴，安谧与恬淡。儿时的回忆，乡土的怀恋，成为最美好的情境和期盼。

稍微年长一些的朋友，一定都会对自己的故乡记忆犹新。每逢传统节庆，特别是端午、中秋、元旦和春节，乡村城镇的民众都会自发地组织一些民间乡俗活动——红红火火、热闹非凡的舞龙舞狮走街串巷，龙腾狮舞，常常会闹翻一条街，震撼一座城；入夜后的花灯如天上的街市，群星闪烁，异彩纷呈、溢彩流光；寓谐藏趣的灯谜吸引着老人、少女和孩童，时而难解，时而迷惑，时而顿悟，时而开怀；大红剪纸与民间年画透过窗户传达阳光和喜悦，讲述着古老的传说和今天的幸福……多姿多彩的民俗活动不仅丰富了人民的精神生活，点燃了劳苦大众的心灯；同时，也体现了造物者的勤劳、聪明与智慧，显示出劳动者的宽阔胸襟与坚实胆魄。

近些年来，随着中国民间文化遗产保护工程的全面展开，举国上下普遍开始重视老祖宗遗留下来的宝贵文化遗产，其中民间传统节日和与之相关的节庆活动也列入了保护的项目。全国各地城乡几乎在同一时期内嗅到了传统节日的气息：

乡镇街巷响起了节日的锣鼓；身着彩装的舞龙舞狮队伍在欢乐的人群中飞龙走蛇；灯节和灯谜会、年画与对联亦悄然兴起，乐于参与的人，个个露出了兴奋的笑靥。顷刻间，儿时的回忆，美好的乡恋，一幕幕重现于我们的生活中，恍若昨日，如同梦境……

于是，反映中国传统节日和节庆活动的文艺作品和文化读物应运而生，出现最多的当是像"中国节日"一类的书籍，图文并茂，很是夺人眼目。我社青年编辑吴海恩平时酷爱民族民间艺术品的收藏，一直琢磨着这方面的图书选题，《中国传统民俗》丛书的构思由此形成。她还约请了就职于长沙市群众艺术馆的两位美眉—马芳和肖丽提笔，开始了艰辛而又愉快的编撰工作。三位女士不紧不慢地准备文稿、搜寻图片、翻阅档案，几个月的时光，《民间节庆灯谜》、《民间舞龙舞狮》、《民间喜庆剪纸》、《民间传统年画》、《民间手工刺绣》、《民间喜庆楹联》六本书的纸样呈现于我的案头，无论

文字、图片还是书籍的装帧设计，都能给人带来惊异和喜悦。

值得一提的是，上个世纪90年代，我社在传统民间美术图书的策划、编辑和出版方面，一度在全国率人之先，堪称翘首。本世纪以来，国际性的非物质文化遗产保护工作的开展声浪日高，传统民间美术图书又从原先的低谷走向热门。但由于编辑人员断代等原因，我社在这一方面却未见大的动静，不少同仁对此抱以观望与期待。《中国传统民俗》丛书的问世，似有续上香火之感，让人看到了民间美术图书重新燃起的希望之光。

爱之愈深，盼之愈切。当我们认真捧读此书时，不免会发现它的不足。由于时间仓促和资料的不足，疏漏与单薄之虞在所难免，敬希读者诸君多加指正。可以说，这几本书的作者还很年轻，我们期待她们日后能够拿出更好的作品来，以报答社会和读者。

2010年10月28日

于长沙城东雨花阁

话说楹联

楹联就是贴在楹柱上的联句，因为上句和下句相对，又叫"门对子"、"对联"。中国人过春节时喜欢把它贴在门的两边，渲染喜庆气氛，因此又叫"春联"。

楹联是咱们老祖宗传下来的一种独特的艺术形式，作为一种雅俗共赏的文学体裁和文化现象，孕育在"骈语"和"律句"之中，形成在"骈文"和"律诗"之后，独立在"骈文"和"律诗"之外；又与书法艺术相得益彰，发达在"骈文"和"律诗"之上。

楹联形成于五代，据《宋史·蜀世家》载：五代蜀后主孟昶在归宋前一年除夕，令学士章寅逊题词于寝门，题好后却又嫌他的词不很工整，于是自题一副"新年纳余庆；嘉节号长春"，挂在宫中迎春祈福，后人于是将此引为对联的初例。近来，又有人认为作于唐朝中期的敦煌桃符题词才是中国迄今发现现存最早的楹联。

楹联的广泛运用是在宋代。这个时期，楹联已经不局限于题写在桃木板上，而是真正运用到楹柱上，成为名符其实的"楹联"，并且用在祝寿、挽吊等人生礼俗，题于书房、寺庙等特殊场合。北宋时

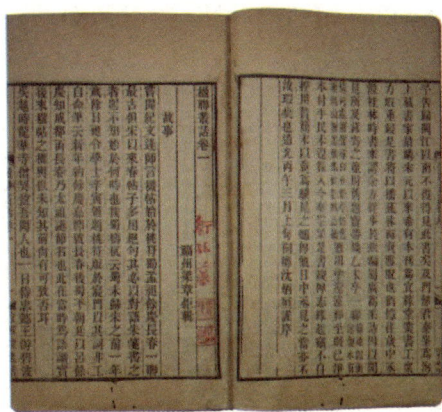

清代的《楹联丛话》

清代的《楹联丛话》

期，楹联也开始用于文学作品中，宋代话本小说，就常在"却似"、"正是"这样的词语后面插一副对联。如《碾玉观音》中每篇都有几副对联，如"皂雕追紫燕；猛虎啖羔羊"、"平生不做皱眉事；世上应无切齿人"。元末明初，章回小说的标题也广泛使用对联，《三国演义》、《水浒传》、《西游记》等都是如此，只是对仗、平仄在要求上没有一般对联那么严格。

明初，由于明太祖朱元璋的大力提倡，对联得到了一次较大的普及。传说某年除夕，朱元璋传下圣旨，要求上至官员、下至百姓，各家各户都要贴上一副春联迎接除夕，为此他还微服私访检查执行情况。他走到城门口，发现有户人家没有贴对联，便走上前去问个究竟。原来这家的主人是个宰猪的屠夫，自己不识字，值此年头岁尾又请不到人，正坐在家里发愁。朱元璋听了，便马上给他写了一副春联："双手劈开生死路；一刀割断是非根。"皇帝的重视，使民间使用对联的风习渐盛，出现了一大批如解缙、祝枝山、唐寅等对联高手，题写春联逐渐形成了一种风俗。自明代起，与新年节序有着渊源关系的春联，也因此逐渐突破了

字画对联·清·河北武强

原属的范围，或题咏山川名胜，或歌颂风物岁时，或抒发情怀心意，成为广泛应用的文体表现形式。

到了清代，对联已经发展成一种成熟的文学形式。《楹联丛话》、《楹联续话》、《巧对录》等一些对联书籍大量印行，广为传播。

清代是对联发展的鼎盛时期，主要表现在三个方面。一、越写越长。如昆明大观楼长联共有180字，号称"天下第一长联"。其实，不少对联的字数已经超过了它。如清代俞樾的一副长联，洋洋洒洒314字，也属佳作。还有清末四川江津人钟云舫撰写的江津县临江楼联，竟长达1612字，可称对联中的鸿篇巨制。二、越写越巧。或回文、或谐音、或顶针，等等，把许多艺术手法都用上了。三、使用越来越广泛。某处名胜风景好，写副对联描状吟叹；某人去世，拟副挽联表示哀悼；感于世情，撰联以述心志；欲售货品，书联招揽顾客；闲来无事，会一二好友，以一事一物为题，彼此吟对。当时，一些私塾，还将对课（对对子）列入儿童启蒙课程。

明清时期，对联作家灿若群星。他们当中有政治家林则徐、魏源、曾国藩、左宗棠、康有为等；文学家袁枚、俞樾、阮元等；书画家董其昌、郑燮、何绍基、邓石如等。还有一些以擅长对联而闻名于世的，像擅长趣联的才子纪晓岚。

辛亥革命以后，对联的发展仍然兴盛。而且，有几个时期奇峰突起。一是辛亥革命成功和中华民国临时政府成立时，庆祝联遍及域中，尤以长江流域各省为多。二是五四运动时期，政治对联将矛头直指帝国主义、封建主义和卖国贼，表达了强烈的爱国主义思想。

如今，对联在许多有识之士的倡导推动下，进入了一个全新的振兴阶段。1983年，由常江先生等率先创办了油印刊物《楹联通讯》共12期，联络了全国各地的对联爱

字画对联·清·河北武强

话说楹联

好者，为中国楹联学会的成立奠定了基础。1984年，中国楹联学会在北京成立。山西太原创办了中国历史上第一家《对联》杂志，安徽蒙城创办了第一份《中国楹联报》。许多出版社相继出版了各类对联书籍，印数之大，种类之多，都是前所未有的。在对联的资料整理、知识普及和学术研究方面，也达到空前的程度。报纸刊登对联，电台、电视台以及一些企业开展丰富多彩的征联活动，充分体现了人民群众参加对联活动的积极性和喜爱对联的程度。一些中、小学语文老师试行对联教学，积极培养对联文学的后备力量，并取得了可喜的成绩。

楹联经过漫长的发展道路，如今已是人民群众喜闻乐见的一种文艺形式，成为一个具有中国特色和文化气息的文学品牌。

【称谓】

对联是一种成对比偶、珠联璧合的双配式文体；换言之，就是由形式上能够独立存在的上下两联组成，且字数相等、词性相近、音韵相对、平仄协调，连在一起能够完整地表达一种思想、一种意境的最短小精悍的文学艺术品。

对联，简称"对"，俗名"对子"，后来因为大多贴在相互对称的楹（即柱子）上，又叫做楹联或楹帖。楹帖又分为春帖、婚帖、喜帖等，它的单位叫副，以区别于文章叫篇、诗词叫首、日记或者新闻叫则。对联含"成双成对"的意思，人们习惯地称对联叫"一副"，因为它是由两个单体（上联和下联）组成一个整体，二者规格一致，各自独立而又相互依存，缺一不可。

对联分上联和下联。其上句（长联不止一句）即上联，下句即下联，上下联既对又联—在形式上对仗，在内容上关联。对联前一部分叫上联、出句或上比，又叫出边、对公、对头；后一部分叫下联、对句或下比，又叫对边、对母、对尾。上下联合称全联。例如春联："春光回大地；喜气满人间。"其中的"春光回大地"，叫上联、出句或上比；"喜气满人间"叫下联、对句或下比。上联为被对句，下联为对句，所以应说"喜气满人间"对"春光回大地"，或说"春光回大地"对以"喜气满人间"。

【特点】

对联是由两个相对的句子组成，即由两个形式相对、意义相关的对偶句组成，对偶（又称对仗）是对联最重要的特点。所谓"对联"，就是两个句子既要形式对仗，又要内容关联。

对联除了具有民族性、对称性、实用性等艺术特性外，作为一种独立的文体，它又区别于诗、词、曲，其特征主要是：字数相等、内容相关、强弱相当、文字相别。

一、字数相等

对联是有上下联的，缺少其中之一，都不成为对联，这是定格。它还规定上下联字数要相等，否则不能成对。比如上联五个字，下联也要五个字。如李大钊所引的对联："铁肩担道义；妙手著文章。"上联七个字，下联也要七个字。如冯玉祥题秋瑾墓风雨亭联："丹心就结平权果；碧血常开革命花。"整齐匀称的对联，具有外表美、形式美的特点，给人以美的观感、美的享受。

反过来，有些人认为字数相等的两行字或两句话都是对联，这是不对的。如"百家争鸣，共同进步；并力进取，为国争光"，像这样的两句话，就不能称其为对联。因为字数相等，仅仅是对联要素中的一个方面，它还讲究对偶和平仄等艺术构造。只有几个要素有机地结合起来，才能称得上是对联。而只有将几个要素结合得好，才能称得上是好对联。

写对联应以多少字数为宜呢？现在一般常见的以七言最多，其次是八言、九言，然后是五言、十言和十二言，四言、六言和十三言以上的较少。因为字数太少或过多都难于把握。"有话则长，无话则短"，对联字数的多少，应以内容决定，由作者根据题材来决定，既不宜过短，也不宜求长。过短，无法完整地表达想要表达的意思；过长，则有可能出现不必要的废话。

对联的字数同传统诗相似，以"言"称之。如五言绝句，"绝句"是指这种诗共四句，"五言"是指每句五个字。对联字数是上下联字数的总和，其总和的一半为"言"。比如，传统春联："一元复始；万象更新。"是八字，四言联。如明代文学家田汝成联："凭栏霄月近；倚杖海云迥。"是十字，五言联。如山海关题联："两京锁钥无双地；万里长城第一关。"是十四字，七言联。一般来讲，七言以上的对联，尤其长联，只说字数，而不管其多少"言"了。如清代滇中名士孙髯拟撰昆明大观楼联，则通称为180字长联，而不称其"九十言联"。

对联就其篇幅而言，有短有长，长联如清朝文人钟云舫所作四川江津临江城楼联竟达1612字，短者多为四、五、六、七言，也有一、二、三言的。如"九一八事变"有副挽联的上联就一个"死"字，下联就一个倒写的"生"字，意为"宁肯站着死，决不倒着生"，简短两字，充分表现了中华儿女的民族气节和爱国主义精神。对联长短如此悬殊，足见其形式之灵活。

二、内容相关（相通）

内容相通即语意连贯，表意完整；或状景抒情，或言志述事，意思顺承，主题鲜明。

百姓张贴春联和年画

题写春联

这里所说的相关，是广义的。一般说来，上下联应围绕一个相关的主题，或并行叙述，或正反表达，也可以构成延续、因果等多种关系。以杭州岳王庙联为例："青山有幸埋忠骨；白铁无辜铸佞臣。"该联的主题赞扬了岳飞的忠贞，这从上联"埋忠骨"这几个字中已明明白白地体现出来了。下联就以眼前之景，即秦桧夫妻跪泣像为反衬，这样，就越发显出岳飞的忠贞、奸臣的卑鄙。

比如说，"反对侵略"，用"保卫和平"去对，在内容上，这是可以的，因为这两句话形式上是对偶的，内容上是相关联的。如果用"打扫卫生"去对，那就离主题太远了，不能成为一副对联，因为上下联不相关。

有些巧对，除了形式上采用相同的手法，内容上也尽可能协调一致。如若是五行偏旁巧对，用"灯铺江堤桥"对"烟锁池塘柳"就比用"炮镇海城楼"要好。"灯铺江堤桥"与"烟锁池塘柳"在意境和格调上是相关的。灯光、江堤、大桥、淡烟、池塘、柳树，构成了一个宁静的世界。而"炮镇海城楼"却充满着烽火狼烟的气势，与出句反差很大。因此，上下联的内容不能离题万里，对句与出句切忌出现风马牛不相及的情况（无情对除外）。

三、强弱相当

对联不仅在结构上要求整齐，而且上下联的语气也要求差别不大，修辞手法要相同或相近。特别是上下的力度要均衡，即语气强弱要大体相当。如中央电视台出过一副征联（征下联）"出山海，踞岭催涛，纵观千秋华夏风流史"，有人以"入校园，挥汗洒血，培养一代祖国向阳花"相对。仔细揣摩，对句毛病较多。从大处着眼去分析，强弱不均。内容上只局限于教育方面，远远逊于出句。看出句，是何等气魄！看山海关，雄关高踞，苍苍山岭，滚滚惊涛，万里长城，绵延西去，作者在此追溯波澜壮阔的中国历史。最后，经过评选，获冠军的对句为"立昆仑，倚天仗笔，好绘四化神州壮丽图"。对句直上昆仑，大处落笔，气势沉雄，空间开阔，威镇出句。出句写历史，对句写现实，显示出当今中国人民建设四化的雄心壮志。

对联的强弱，大致有三种情况：一是上弱下强，这是允许的，也是常见的，但应注意"反差"不要过大；二是上下同等，从理论上分析，这是最好的，但并不容易做到；三是上强下弱，这是必须克服的缺点。

四、文字相别

文字相别，即上下联不要有重复的字，特别是处于同一位置上的字，如"祖国建设一日千里；人民团结万众一心"，"一"字重复，破坏了对联的整体美感。因此，要注意，同位重字是对联的大忌。再如一联："破旧章，春风涤旧垢；开新宇，旭日迎新春。"此联词性，结构，平仄都还工整，只因两个

"春"字重复，破坏了全联的价值。

但有两种情况除外。一是个别带有衬字性质的虚词，允许重复，但必须放在同一位置上。如"正其谊不谋其利；明其道不计其功"、"大肚能容，容天下难容之事；开口便笑，笑世间可笑之人"，前联的"其"、后联的"之"都是带衬字性质的虚词。二是一些特殊对联如回文对等，上下联异位重字，必须交错相对。如："舞台小天地；天地大舞台。"再如："长长长长长长长，长长长长长长长。"这副对联，乍看起来，七个字全重复，给人莫名其妙的感觉。其实仔细品味，方知是一副妙联。作为豆芽店门对联，它巧妙地利用同音假借、一字多音的手法，写出了豆芽的生长特点，其本意是：上联为常长常长常常长；下联的一、三、五、六字读生长的"长"，第二、四、七字读长短的"长"。此联一个"长"字包含了三个字的意思，真不失为高手所作，亦不失为一副别出心裁的商品广告。

另外还有一种特殊的情况，就是虽为实词，却起着"强调"作用，不属忌讳之列。如只许州官放火，不许百姓点灯。这副对联，通过对"许"字的强调，揭露了宋朝年间一名叫周登的州官专横暴戾，欺压百姓的丑行。

对联还有其他的一些特征，如词性相当、结构相应、节奏相对、音韵相对等。如词性相对和结构相应，一般称为"虚对虚，实对实"，就是名词对名词，动词对动词，形容词对形容词，数量词对数量词，副词对副词，而且相对的词必须在相同的位置上。音调和谐是指传统习惯中的"仄起平落"，即上联末句尾字用仄声，下联末句尾字用平声。

【格式】

对联的书写有一定讲究，是对联与书法、文字与艺术的完美结合。为了使对联产生内在与外在的美感，必须掌握对联规范书写格式。

1. 字体

对联既然是要挂在门楣上的，

自然是各家各户用来装饰脸面的，所以对联除了在内容上要寄托主人的愿景外，在书写上也是要求飘逸大方、刚劲厚重的。由此楹联和书法的美妙结合，一起成为汉字举世无双的魅力展现，又成为中华民族绚烂多彩的艺术独创。

具体而言，大凡内容比较严肃的如门联、名胜古迹联，一般都用正楷、行书、隶书书写。比较典雅的如厅堂、书斋、装饰用联可以用草书、篆书书写。总之，书写要赏心悦目。

2. 纸色

按照传统习惯，喜事对联和横额都用红纸书写，丧事则用白纸黑字、蓝纸白字或黄纸黑字书写。厅堂、书斋等长期用联，宜用宣纸，经过装裱的宣纸，颜色历久不变，利于保存。

3. 张贴

对联有直写和横写两种形式。

对联的直写用于张贴、悬挂。张挂的对联，传统作法是直写竖贴，按照习惯，凡是直写的，一律由右读到左，自上而下，不能颠倒。即人面向门站立，右手为上（门的左边），贴上联，左手为下（门的右边），贴下联。

贴、挂对联时，上下联的辨别方法，最简单的是看对联的最后一个字应是：上仄下平。一、二声为平声，三、四声为仄声。如果最后一个字声调相同，则根据内容和语气分辨。

各种用于装饰、应酬的对联，必须上下联分开书写。如图所示：

门	户
迎	纳
晓	春
日	风
财	吉
源	庆
广	多

对联的横写用于现今图书、报刊等出版物中，自左至右，上下联各占一行。转行时，大致有三种写法。以清朝湘军将领彭玉麟题杭州

西湖岳王庙联为例说明。

（1）行文法。与一般文章书写规则的"另起一行"相同。

史笔炳丹书，真耶，伪耶，莫道那十二金牌，七百载志士仁人，更何等悲歌感泣

墓前栖碧草，是也，非也，看跪此一双铁像，千万世奸臣贼妇，受几多恶报阴诛

（2）并头法。借鉴了直写规则的"转行"之法。

史笔炳丹书，真耶，伪耶，莫道那十二金牌，七百载志士仁人，更何等悲歌感泣

墓前栖碧草，是也，非也，看跪此一双铁像，千万世奸臣贼妇，受几多恶报阴诛

（3）缩字法。就是上联首字顶格，下联在转行时，缩回一字（一格）。

史笔炳丹书，真耶，伪耶，莫道那十二金牌，七百载志士仁人，更何等悲歌感泣

墓前栖碧草，是也，非也，

看跪此一双铁像，千万世奸臣贼妇，受几多恶报阴诛

以上三种方法都可使用，但是，不管使用哪种，在一部作品中格式应前后统一。

与对联紧密相关的横批，可以说是对联的题目，也是对联的中心。好的横批在对联中可以起到画龙点睛、相互补充的作用。对联的横批都是横写，过去是由右向左写。如：

来 东 气 紫

而现代人更多地习惯由左向右的书写顺序。如：

春 满 人 间

【对联的标点】

张贴或悬挂的对联，一般都不用标点符号，而在出版的联书或报纸杂志中的对联，可以用标点符号，也可以不用标点符号。现以我国现代著名书画大师刘海粟的自题联为例说明。

（1）实录法。与张贴或悬挂的对联一样，不用标点。

宠辱不惊看庭前花开花落

去留无意望天上云卷云舒

（2）空字法。上下联同时在断句的地方，空一字（一格）。

宠辱不惊　看庭前花开花落

去留无意　望天上云卷云舒

（3）标点法。按一般文章打标点的方法。上联后面用分号，下联末尾用句号。

宠辱不惊，看庭前花开花落；

去留无意，望天上云卷云舒。

另有一种，在句子中停顿时打标点符号，而上下联句末不打标点符号。

宠辱不惊，看庭前花开花落

去留无意，望天上云卷云舒

【种类】

对联形式多样，有正对、反对、流水对、联球对、集句对等。

对联按照不同的标准，可以作不同的划分，根据修辞手法，楹联有多重数字联、颜色方位联、多重谐音联、多重双关联、同偏旁联、多重拆合字联、拈连联(即移接联)、回文联、字面矛盾联及转品联等，巧妙新奇，堪称巧联妙对。

根据功用与内容可以分春联、喜联、挽联、行业联、胜迹联、言志联、故事联。喜联包括婚联、乔迁联、寿联等。

对联从使用范围上划分，可分为应用联和装饰类两大类。

应用联是指有较强针对性的对联。它可以再分为专用于庆祝春节的春联，用于某一具体事项的对联如挽联、寿联、婚联、喜联、行业联等。还可分为人们在各种交往中所用的交际联。总之从时间、空间的使用范围看，对联的划分如下所示：

（1）实用联—春联

（2）专用联—挽联、寿联、婚联、喜联、行业联、座右铭联等

（3）交际联—赠联、题答联

装饰联主要是指用来装饰亭、台、楼、阁或书斋、案头的对联，主要用于美化环境，主要有胜迹联、书斋联和堂室联三种。装饰联一般富有哲理，回味无穷。

故事

【悬联的故事】

楹联要是巧妙到无人对得出下联或上联，古人就将这种难以成双的楹联称为"绝对"或"悬联"。相传，北宋大诗人、书法家黄庭坚年少时乘船离开江州（今九江市）去苏杭游玩，船家素闻其乃当地才子，便吟一上联试其才气："驾一叶扁舟，荡两支桨，支三四片篷，坐五六位客，过七里滩，到八里湖，离开九江已有十里。"此联包含数字一到十，既包含了地名，又很符合当时的意境，可谓精妙。这副对联黄庭坚不仅当时没对出，成名多年后依然是百思不得其解，而且至今也无人能续。

清末光绪年间，江西南昌知县江某主持正义，却被洋教士所杀，全国为之愤然。京中名流江亢虎于现在南二环边的陶然亭（亦名江亭）公园，为江知县举行追悼会，当时曾有人撰一上联求对"江氏在江亭追悼江西江县令"，可至今无人能续。

在广东郁南县曾有一个叫白花的才女，出一上联"家住长安，出仕东安，貌比潘安，才比谢安，修己以安人，修己以安百姓"求对，前两个"安"乃地名，中间两个"安"却是人名，而后两个"安"则出于《论语》中孔子的名言，贴切至极，可惜至今仍是绝对。她还出了一下联"蜂巢枫树结，风吹枫叶掩蜂门"求上联，也是久悬无果。

王安石曾出一联"铁瓮城西，金玉银山三宝地"，有人给续了个"华夏国中，孔孟墨子一圣人"。绝句的续联用词牵强，意境相去甚远。

著名唐诗"烟锁池塘柳"，其偏旁含金木水火土五行，自明朝以来，续联颇多，如"冀粟陈献忠"、"灯垂锦槛波"、"钟沉台榭灯"、"炮架镇江城"、"炮镇海城楼"等。笔者以为，诸联要求虽达到了，但意境相差太远，除末联外，其余未免有狗尾续貂之嫌。

从前，杭州有位科考多年名落孙山的举子，特到钱塘江畔六和塔，登塔凝望，在悲观失望中于塔壁上书一上联："望天空，空望天，天天有空望空天。"不想却留下了一句至今无人能对的绝对。

有人将好、配、何、问四字拆出一千古绝对："好女子己酉生，问门口何人可配？"也是至今无人能对。

【王安石三难苏东坡】

宋神宗时宰相王安石曾三难苏东坡，其一便是出了三句上联求偶："一岁二春双八月，人间两度春秋"、"七里山塘，行到半塘三里半"、"铁瓮城西，金玉银山三宝地"。那年正逢闰八月，而且正月和腊月两次立春，故有第一句上联；苏州金阊门外到虎丘山下这段长七里的路，当地人称之为"山塘"，中间恰有个地名叫"三里半"，第二联就巧在此；第三联也奇巧，因江苏镇江古名铁瓮城，临长江，有金山、银山（亦名焦山）和玉山（又名北固山），联中有金、银、玉，名副其实的"三宝地"。这样奇妙的三副对联，纵使苏东坡奇才盖世，苦思冥想良久，终不能成对。

【铁匠铺的绝对】

当然，也有的绝对年长日久，还真有才子给续上了。从前，在四川泸州白塔街，有个黄铁匠掌炉的铁匠铺，有人以黄铁匠打铁为题撰一上联："白塔街，黄铁匠，生红炉，烧黑炭，冒青烟，闪蓝光，淬紫铁，坐北朝南打东西。"嵌入七种颜色四个方位，非常绝妙，多少年来一直无人能续下联。如今，有人对出："淡水湾，苦农民，戴凉笠，弯酸腰，顶辣日，流咸汗，砍甜蔗，养妻教子育儿孙。"以六种味觉加一个"凉"字对上联七种颜色，以"妻子儿孙"对"北南东西"，虽略显逊色，但对仗工整，意境相似，都表现了最底层劳动人民的艰辛，所以，这一绝句可以"摘悬"了。

【祝枝山巧气富绅】

在实际运用中，楹联是不加标点的，断句不同，意思也不同，甚至相反，也会生出许多诙谐幽默的趣事儿。从前，"扬州八怪"之一的祝枝山曾给一个嗜财如命的富绅写了一副春联："明日逢春好不晦气；终年倒运少有余财。"富绅拿起读道："明日逢春好，不晦气；终年倒运少，有余财。"这一对联很是让富绅高兴，于是付了不菲的润资，设宴款待后还亲自送祝枝山出村。谁知刚进家门便听门外有人高声念道："明日逢春，好不晦气；终年倒运，少有余财。"富

绅气得七窍生烟，却有苦难言，只好自认倒霉。这种事儿，祝枝山干了不止一回。他为了教训一个刻薄吝啬的富翁，给其新宅题了一副楹联。他边吟边写："此屋安，能久居；主人好，不悲伤。"富翁听了颇为得意，来宾们却个个窃笑。因为不断句的话，这分明就是："此屋安能久住？主人好不悲伤！"

【纪晓岚讽对石先生】

清代文学家纪晓岚自幼聪颖好学，兴趣甚广。他的私塾老师石先生是个非常古板的老学究，晓岚对他很反感。一天纪晓岚去喂养家雀，将砖墙挖一深洞，喂饱家雀后便将它送回洞内，堵上砖头，以防飞走。后来，被石先生发现，便把

故事

家雀摔死，仍旧送回洞内堵好，并在墙上戏书一联：细羽家禽砖后死。当纪晓岚再去喂家雀时，发现它已经死了。心里正在疑惑，忽见墙上有一对联，他断定这是石先生所为，于是续写了下联：粗毛野兽石先生。

石先生见了大为恼火，觉得纪晓岚不该辱骂老师，于是手执教鞭责问纪晓岚。只见纪晓岚从容不迫地解释说："我是按着先生的上联套写的。有'细'必有'粗'，有'羽'必有'毛'，有'家'必有'野'，有'禽'必有'兽'，有'砖'必有'石'，有'后'必有'先'，有'死'必有'生'。所以，我便写了"粗毛野兽石先生"，如不应这样写，请先生改写一下吧。"石先生捻着胡子想了半天，也没有想出满意的下联，最后无可奈何地叹了口气，扔下教鞭，拂袖而去。

【哑联兴味】

苏东被贬黄州后，一居数年。

一天傍晚，他和好友佛印和尚泛舟长江。苏轼忽然用手往左岸一指，笑而不语。佛印顺势望去，只见一条黄狗正在啃江面上的一根骨头，顿有所悟，随将自己手中题有苏东坡诗句的蒲扇抛入水中。两人面面相觑，不禁大笑起来。原来，这是一副哑联，苏轼上联的意思是：狗啃河上（和尚）骨；佛印下联的意思：水流东坡尸（东坡诗）。

【老地主错改旧楹联】

相传，有这样一位老地主，腹中无才，却喜欢附庸风雅。一天，他为母亲祝寿，大开筵宴，悬灯结彩，就想在门口贴副大红对联，却又舍不得花钱请人撰写，便叫账房先生将常见的"天增岁月人增寿；春满乾坤福满门"写出来贴在大门上。账房先生正写时，老地主忽然想起，这是为老母祝寿，应该改得切题才好。于是，让账房先生把上联改为：天增岁月妈增寿。老地主看了很得意。不过，上联既然改了，下联也该相应改动才算工整。

他又叫账房先生把下联改为：春满乾坤爹满门。账房先生听了，真有点哭笑不得，为难地说："东家，这么改可不行呀！"老地主一本正经地说："你懂个屁！'爹'对'妈'不是十分工整吗？"

【袁世凯对不住中国人民】

窃国大盗袁世凯一命呜呼之后，全国人民奔走相告，手舞足蹈。这时，四川有一位文人，声言要去北京为袁世凯送挽联。乡人听后，惊愕不解，打开他撰写好的对联一看，写着：袁世凯千古；中国人民万岁！人们看后，不禁哑然失笑。文人故意问道："笑什么？"一位心直口快的小伙子说："上联的'袁世凯'三字，怎么能对得住下联'中国人民'四个字呢？"文人听了扑哧一声笑了起来，说："对了，袁世凯就是对不住中国人民！"

【纪晓岚释对】

相传，纪晓岚一次南行来到杭州，友人为他设宴洗尘，席间，照例少不了连句答对。纪晓岚才思敏捷，出口成联，友人心悦诚服，夸他为北国孤才。纪晓岚则不以为然，说道："北方才子，遍及长城内外，老兄之言从何谈起？"友人道："先时我曾北游，出了一联，人人摇手不对。"纪晓岚半信半疑，问道："老兄的出句竟如此之难？"友人道："一般。"接着，念了上联：双塔隐隐，七层四面八方。纪晓岚听罢哈哈大笑，说："这样简单的出句，他们不屑回答，即以摇手示对！"友人不解地问："那，他们的下联是什么呢？"纪晓岚道："孤掌摇摇，五指三长二短。"友人听后，恍然大悟。

【斗鸡山上得绝联】

相传，古时有一位秀才来游桂林名胜之一——斗鸡山。他在山上纵目观望，觉得处处可爱，连山名也觉得新奇可亲。他一面游览，一面念念有词，不知不觉地吟出一句对联：斗鸡山上山鸡斗。但是，却怎么也对不出下联来。正当他冥思苦

大观楼的对联号称"天下第一联"

故事

想之时，忽然来了一位白发长者。秀才定睛一看，来者正是他的启蒙老师，顿时高兴万分。师生二人叙礼之后，秀才说出内心的苦衷。老师对他说："你的上联是回音对，正读反念，其音其义都是一样。"秀才问："老师可有佳对？"老师说："我刚才游了龙隐洞，何不以此来对！"说罢，念道：龙隐洞中洞隐龙。秀才一听，极为兴奋，感慨地说："此乃天赐绝对矣！"

【昆明大观楼对联】

作者是清代康乾时诗人孙髯，著有《永言堂诗文集》，三原县人，后迁居云南。他厌恶清朝官场的黑暗腐败，不参加科举，终身贫困潦倒，晚景更惨。他写的大观楼联寓意深刻，为人所爱。联云：

五百里滇池，奔来眼底，披襟岸帻，喜茫茫空阔无边。看东骧神骏，西翥灵仪，北走蜿蜒，南翔缟素，高人韵士，何妨选胜登临。趁蟹屿螺洲，梳里就凤鬟雾鬓，更萍天苇地，点缀些翠羽丹霞。莫四围香稻，万顷晴沙，九夏芙蓉，三春杨柳；

数千年往事，注到心头，把酒凌虚，叹滚滚英雄谁在？想汉习楼船，唐标铁柱，宋挥玉斧，元跨革囊，伟烈丰功，费尽移山心力。尽珠帘画栋，卷不及暮雨朝云，便断碣残碑，却付与苍烟落照。只赢得几杵疏钟，半江渔火，两行秋雁，一枕清霜。

春联（含节日联）

每年除夕前后，为庆贺新春的到来而拟写的对联叫春联。春联也叫春帖，是对联大家族中最为普及、应用最为广泛的一种。春节将至，无论城市还是农村，家家户户都要精选一副大红春联贴于门上，为春节增加喜庆气氛。春联的主题是辞旧迎新。在辞旧岁、迎新年的时候，通过写、贴对联抒发思想感情，为春节增添了喜气洋洋的欢乐气氛。

春联是以工整、对偶、简洁、精巧的文字描绘时代背景，抒发美好愿望，是一种饱含中国人民生活情趣的独特文学形式。多数春联的内容是对上一年的总结和对新一年的憧憬。如春联："白雪银枝辞旧岁；和风细雨兆丰年。"就表达了辞旧迎新的欢乐心情。有的春联则直接描写春天的景象。如："红梅点点；春意浓浓。"上联实写，下联虚写，画出一幅万物迎春的春景图。因此，春联中经常出现春天中的事物，如"五风十雨；万紫千红"、"山欢水笑；燕舞莺歌"、"华灯飞彩；喜爆放红"等。春联有时也寄托了人们深深的祝愿。如："门迎百福；户纳千祥。"也有直接反映祖国欣欣向荣的崭新面貌。如："时和世

泰；人寿年丰。"

春联，最早叫"桃符"，明代以后才称春联。它属于楹联的一种，桃符在周代是悬挂在大门两旁的长方形桃木板。据《后汉书·礼仪志》记载：桃符长六寸，宽三寸，桃木板上书"神荼"、"郁垒"二神。"正月一日，造桃符著户，名仙木，百鬼所畏。"五代十国时，宫廷里，开始有人在桃符上题写联语。所以，清代《燕京时岁记》上说："春联者，即桃符也。"

《山海经》里有这么一则故事。传说东海里有座风景秀丽的度朔山，又名桃都山，山上有一棵盘曲三千里的大桃树，树顶有一只金鸡，日出报晓。这棵桃树的东北一端，有一枝拱形的枝干，树梢一直弯下来挨到地面，就像一扇天然的大门。度朔山住着各种妖魔鬼怪，要出门就得经过这扇鬼门。天帝怕鬼怪下山到人间作祟，派了两个神将去把守，一个叫神荼，一个叫郁垒。这两个神的名字有特别的念法，神荼要念"伸舒"，郁垒要念"郁律"。两员神将专门监察鬼怪的行为。发现哪个鬼怪为非作歹，便用草绳捆起来送去喂老虎。此后，从这个故事中引申出了鬼怪桃木之说。于是，那时候，人们每逢过年，便用两块桃木刻上神荼、郁垒的像或写上他俩的名字，挂在门的两边，叫做桃符，以驱灾压邪。

唐代以后门神里的主角逐渐变为尉迟恭和秦叔宝。传说唐太宗李世民发动玄武门政变，杀死兄弟，逼迫父亲唐高祖李渊退位当太上皇，自己登上皇位。此后因魏徵梦斩泾河老龙，每夜好像听见寝宫外有人往屋里扔砖瓦，奇呼怪叫。唐太宗无奈，把这件事告诉了群臣。开国功臣大将秦叔宝自告奋勇到宫门口守夜驱鬼，另一位开国大将尉迟恭也愿意陪伴守夜。当晚两人全身披戴盔甲，手执武器，在寝宫门口守了一夜，唐太宗果然睡了个好觉。接连几天，因为有两位大臣的守护，唐太宗身体逐渐康复，不忍

文人墨客在市肆檐下为百姓书写春联,收取一定的润笔费

心再让两位大将持续守夜，于是便命人将两位大将的威武形象画下来，把画像贴在门上。此事传播开来，尉迟恭和秦叔宝渐渐被奉为门神。

由桃符演变成春联，是在五代时候，至今已有一千多年历史。据《宋史·蜀世家》记载，后蜀主孟昶自己提笔而书的：新年纳余庆，嘉节号长春。这便是中国最早的一副春联。后来谭嗣同又考证：南朝时刘孝绰曾罢官不出，自题其门道："闭门罢庆吊，高卧谢公卿。"他的三妹刘令娴续道："落花扫仍合，丛兰摘复生。"句皆骈俪，题于门上，据说这才是我国最早的对联。

直到宋代，春联仍称"桃符"。王安石《元日》诗中就有"千门万户曈曈日，总把新桃换旧符"之句。宋代，桃符由桃木板改为纸张，叫"春贴纸"，宋代春节贴春联已成为一种普遍习俗。最早的元宵节灯联也出现在宋代：天下

三分明月夜；扬州十里小红楼。

据说春联真正普及于民间，用红纸书写而成为年俗之一，是明代以后的事。

到了清代，春联更是盛况空前，其思想性和艺术性都有了很大的提高。康熙、雍正、乾隆三代皇帝，撰写了大量的春联。雍正赐给大臣张廷玉一副春联：天思春浩荡；文治日光华。在皇帝的倡导下，京城百姓也盛行挂春联，文人墨客则看准了商机，在市肆檐下为百姓书写春联，收取一定的润笔费。有的将店铺改为"书春墨庄"，书联卖钱，可见春联在当时已成为一种民间普及的文学艺术形式。

应该说，"桃符—门神—春联"是得到普遍认同的对联发展的主要模式。但是也有学者认为，对联应该是从诗中脱胎而来的。这种比较整齐的句子，早在《诗经》中就有。如《小雅·采薇》中的："昔我往矣，杨柳依依；今我来思，雨雪霏霏。"《易经》中《乾

卦·文言》中的"水流湿，火就燥"也对得还算整齐。汉代的赋，也讲究对偶，东晋时大盛的骈体文，一些句式也类似对联。如王羲之的《兰亭集序》中有"群贤毕至，少长咸集"、"仰观宇宙之大，俯察品类之盛"。

时光流转，春联的称呼和种类也逐渐增多，依其使用场所，可分为门心、框对、横批、春条、斗斤等。"门心"贴于门板上端中心部位；"框对"贴于左右两个门框上；"横批"贴于门楣的横木上；"春条"根据不同的内容，贴于相应的地方；"斗斤"也叫

贴春联

"门叶"，为正方菱形，多贴在家具、影壁中。

通常，我们在书写和张贴春联时，应该注意以下几点。

首先，春联要突出健康的审美观念和审美追求。无论是居民住户还是单位集体的春联，都应体现出一种健康的审美趣味和追求。

其次，贴春联最好体现出个性。既然贴春联是要寄托某种祈望和祝福，那么，不同的人家，不同的行业，不同的身份都会有不同于他人的祈望与祝福，因此贴春联应符合自身的特点。譬如"百货琳琅，柜盈春夏秋冬货；大楼兴旺，客满东西南北楼"，这是宣传商业繁荣的春联。"一支粉笔，连绵化雨滋桃李；三尺讲台，摇曳春风抚栋梁"，这是教师家庭或者学校张贴的春联。体现个性主要是强调不要将春联贴串行。就是说，作为工人家庭，如果贴一副"费劲养猪，三口人家甜日过；种田流汗，九秋果实旺年来"的春联，就不仅会惹人笑话，自

家人也会觉得不伦不类。

第三，春联的张贴。贴春联也有很多讲究，若是贴得不当，就会被人笑话。传统贴春联的方法为，面对大门时，右手方向为上首，左手方向为下首，上联贴上首，下联贴下首。新中国成立后由于横式书写格式改为由左向右，春联也可以上联在左，下联在右，横额顺序也是从左至右，符合人们的阅读习惯。读春联的顺序应是上联—下联—横批。

区分春联的上下联，一般有以下四种区分方法。一是按音调平仄分。春联比较讲究音调平仄，上联最后一个字为仄音，下联最后一个字应是平声。比如"春回大地千山笑"（"笑"是仄音），"福满人间万民欢"（"欢"是平声）。二是按因果关系分。"因"为上联，"果"为下联。比如"方向正确城乡富；政策英明衣食丰"，因为只有"城乡富"这个"因"，才会有"衣食丰"这个"果"。三是按时

除夕夜·农民画

间先后分。时间在前为上联，时间
在后为下联。比如"风送莺歌辞旧
岁；雪伴梅香迎新春"，"辞旧
岁"在前，"迎新春"在后。四是
按空间范围分。一般是小者在前，

大者在后。比如"勤俭持家家道
昌；团结建国国事兴"，这副春
联中的"国"比"家"大，所以
"家"在前，"国"在后。

　　另外，春联的尺寸大小要与

农家新春门联

自家的门户相协调。居民家的门户贴15~20厘米宽的春联最好，而商家铺房店面要根据门户的宽窄，贴20~30厘米左右的春联最好，这样能显得协调、大方。春联的宽度一般不宜超出40厘米。

1. 天和地和人和和融华夏

歌美舞美花美美在今宵

横批：新春大吉

2. 雪里江山美 花间岁月新

　横批：红梅报春

3. 爆竹声声辞旧岁 红梅朵朵迎新春

横批：新春大吉

4. 东风吹出千山绿 春雨洒来万象新

　横批：春风送福

5. 生意兴隆通四海 财源茂盛达三江

　横批：人兴财旺

6. 山清水秀风光好 人寿年丰喜事多

　横批：江山如画

7. 和风吹绿柳 时雨润春苗

　横批：大地逢春

8. 冬去山明水秀 春来鸟语花香

　横批：春回大地

9. 五更分两年年年称心

一夜连两岁岁岁如意

横批：恭贺新春

10. 一家和睦一家福 四季平安四季春

横批：合家欢乐

11. 楼外春阴鸠唤雨 庭前日暖蝶翻风

横批：春色怡人

12. 人勤三春昌 地肥五谷丰

横批：勤劳致富

13. 二十四时节气乾坤竞秀

五十六朵奇葩和睦同春

横批：天人合一

14. 五湖四海皆春色 万水千山尽得辉

横批：万象更新

15. 年年顺景财源广 岁岁平安福寿多

横批：吉星高照

16. 千般如意报平安 万事顺心行好意

横批：合家欢乐

17. 和和顺顺千家乐 月月年年百姓福

横批：国泰民安

18. 一帆风顺吉星到 万事如意福临门

横批：财源广进

19. 一干二净除旧习 五讲四美树新风

横批：辞旧迎春

20. 惠通邻里，门迎春夏秋冬福

诚待世贤，户纳东南西北财

横批：吉星高照

21. 春雨丝丝润万物 红梅点点绣千山

横批：春意盎然

22. 农户百猪乐 神州万象新

横批：欢度佳节

23. 一帆风顺年年好 万事如意步步高

横批：吉星高照

24. 一年好运随春到 四季财气滚滚来

横批：万事如意

25. 剪刀裁出春夏秋冬四季文章

笑脸迎来五湖四海九州宾朋

横批：生意兴隆

26. 麟角凤毛增国誉 鼠须妙笔点春光

横批：春暖大地

27. 狗守太平岁 猪牵富裕年

横批：人寿年丰

28. 一年四季春常在 万紫千红花永开

横批：喜迎新春

29. 和顺一门有百福 平安二字值千金

横批：万象更新

30. 一年四季春常在 万紫千红花永开

横批：喜迎新春

31. 春满人间百花吐艳

福临小院四季常安
横批：欢度春节

32. 百世岁月当代好 千古江山今朝新
横批：万象更新

33. 喜居宝地千年旺 福照家门万事兴
横批：喜迎新春

34. 一帆风顺年年好 万事如意步步高
横批：吉星高照

35. 百年天地回元气 一统山河际太平
横批：国泰民安

36. 灵鼠跳枝月影晃 春牛耕地谷香飘
横批：人寿年丰

37. 国泰民安戌岁乐 粮丰财茂亥春兴
横批：喜气盈门

38. 岁岁皆如意 年年尽平安
横批：五福临门

39. 笑盈盈辞旧岁 喜滋滋迎新年
横批：辞旧迎新

40. 一年春作首 百事国为先
横批：万象更新

41. 江山万里如画 神州四时皆春
横批：欢度佳节

42. 冬去山明水秀 春来鸟语花香
横批：春意盎然

43. 户户金花报喜 家家紫燕迎春
横批：福喜盈门

44. 华夏年年腾骏业 新春岁岁展宏图
横批：民强国富

45. 春入春天春不老 福临福地福无疆
横批：春来福至

46. 春风送春处处春色美
喜鹊报喜家家喜事多
横批：春回大地

47. 凤来春正好 龙起日初长
横批：龙凤呈祥

48. 国运国兴凭国策 龙飞龙跃靠龙人
横批：大展宏图

49. 喜庆花红送玉兔 吉祥爆竹接金龙
横批：喜迎新春

50. 十亿神州春日起 千秋华夏巨龙飞
横批：春满华夏

51. 美酒千樽欢送玉兔归山
赞歌万首喜迎金龙出海
横批：喜迎新春

52. 玉兔归时深慕人间春色美
金龙起处喜看华夏蓝图新
横批：春满人间

53. 祖国山河好人民岁月新

横批：江山如画

54. 东风吹柳绿 春雨润花红

　　横批：满园春色

55. 同心兴大业 携手振中华

　　横批：国富民强

56. 人勤春来早 家和喜事多

　　横批：勤劳致富

57. 万家传笑语 四海庆新春

　　横批：喜迎新春

58. 祖国山明水秀 中华人杰地灵

　　横批：国泰民安

59. 春风春雨春色 新年新岁新景

　　横批：大地逢春

60. 田园风光绝好 农家岁月更新

　　横批：户纳千祥

61. 日丽风和绣出河山似锦

　　年丰物阜迎来大地皆春

　　横批：春满人间

62. 上上下下男男女女老老少少都添一岁

　　家家户户说说笑笑欢欢喜喜同过新年

　　横批：吉祥如意

63. 丹凤呈祥龙献瑞 红桃贺岁杏迎春

横批：福满人间

64. 家和人顺随心意 富贵平安庆吉祥

　　横批：福积泰来

65. 龙腾碧海赞海阔 凤舞蓝天领天高

　　横批：天高海阔

66. 人顺家和福星照 心想事成鸿运门

　　横批：门臻百福

67. 家兴人兴事业兴 福旺财旺运气旺

　　横批：吉祥如意

68. 家接吉祥万事兴 门迎富贵百事旺

　　横批：时和岁好

69. 花开富贵全家福 竹报平安满堂春

　　横批：福喜双至

70. 春到千山山山绿 节至万家家家红

　　横批：欢天喜地

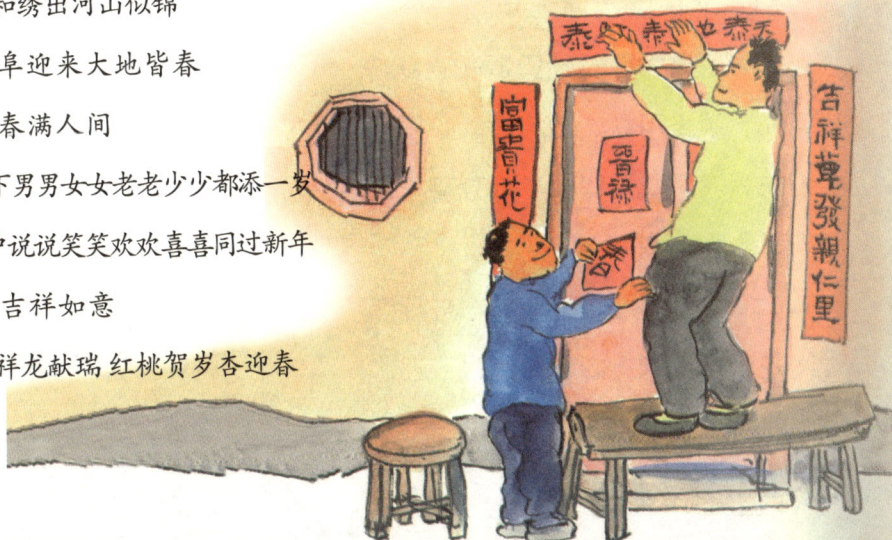

婚联

　　婚联又称喜联，是为婚嫁喜事
所作的对联，通常是在嫁娶之日贴
在大门、洞房门、妆台两旁，旧时
贴在花轿、嫁妆箱柜等处。现在多
贴在结婚典礼的厅堂内外，婚联的
内容，旧时多宣扬夫唱妇随、天作
之合、多子多福等封建道德规范；
现在多宣扬男女平等、婚姻自由、
互敬互爱、比翼双飞等现代观念。
亲友馈赠婚联为贺，颇为隆重、典
雅和意义深远。除通用婚联外，
可分为四季婚联、姓氏婚联、复婚
用联、续娶用联、老年婚联、同学
婚联等。婚联撰写要多几分喜气谐
趣，少几分陈词酸腐。

　　婚联大都是对新婚夫妇进行夸
奖并祝愿其白头偕老的，为了表达
这种祝愿，作者采用多个角度和多
种手法。或用环境烘托："东风入

苗寨姑娘新婚场景

户；喜气盈门。"或加以赞美："宜国宜家新妇女；能文能武好男儿。"或表达志向，共同进步："并肩同步康庄道；携手齐描锦绣图。"

（1）通用婚联

一般多用形象美好的事物作喻体，营造喜悦、美好、欢快的氛围。如：

百年恩爱双心结，千里姻缘一线牵

横批：燕尔新婚

皓月描来双影燕，寒霜映出并头梅

横批：百年佳偶

红妆带绾同心结，碧树花开并蒂莲

横批：珠联璧合

一对璧人留小影，无双国士缔良缘

横批：鸾凤和鸣

琴韵谱成同梦语，灯花笑对含羞人

横批：笙磬同谐

欢庆此日成佳偶，且喜今朝结良缘

婚联

横批：心心相印
一岭桃花红锦绣，万盏银灯引玉人
横批：龙腾凤翔
眉黛春生杨柳绿，玉楼人映杏花红
横批：玉树琼枝
凤翔鸾鸣春正丽，莺歌燕舞日初长
横批：福缘鸳鸯
花灯银灯鸾对舞，春归画栋燕双栖
横批：喜成连理
绣阁昔曾传跨凤，德门今喜近乘龙
横批：百年好合
梧桐枝上栖双凤，菡萏花间立并鸳
横批：情真意切
银镜台前人似玉，金莺枕侧语如花
横批：幸福美满
文窗绣户垂帘幕，银烛金杯映翠眉
横批：花好月圆
方借花容添月色，欣逢秋夜作春宵
横批：永结同心
紫箫吹月翔丹凤，翠袖临风舞彩鸾
横批：喜气生辉
白首齐眉鸳鸯比翼，青阳启瑞桃李同心
横批：佳偶天成
槐荫连枝百年启瑞，荷开并蒂五世征祥

横批：郎情妾意
秋水银堂鸳鸯比翼，天风玉宇鸾凤和声
横批：天作之合
海枯石烂同心永结，地阔天高比翼齐飞
横批：白头偕老

新婚联如能具有针对性，使联语真切、生动，方为上好的婚联。明代，有何（男）潘（女）二姓结婚，友人赠联云："潘氏大家，有水有田方有米；何门望族，添人添口便添丁。"上联将"潘"拆为"水"、"田"、"米"，下联将"何"拆为"人"、"口"、"丁"，既切合新婚双方姓氏，又表达了新婚的意境。

婚联中，还有一种嵌字联，很受人们欢迎。就是将新郎新娘的姓名嵌入上下联中，既显示了撰联的机巧，又突出了婚事中的主人公，颇有情趣。如鸾凤和鸣飘雅韵；桂梅连理沐香风。这是桂凤鸣（男）和梅连香（女）结婚时的喜联，联中嵌入了两人的姓名。

（2）季节月份婚联

婚联如能切合结婚的时间（季、月、日），针对性就更强。如下面的四季婚联：

（春日婚联）

柳暗花明春正半，珠联璧合影成双

（夏日婚联）

红妆带绾同心结，碧树花开并蒂莲

（秋日婚联）

方借花容添月色，欣逢秋夜作春宵

（冬日婚联）

皓月描来双影燕，寒霜映出并头梅

（正月）

双莺鸣高树，对燕舞繁花

春燕衔春泥，新婚树新风

春临大地迎新岁，喜到人间贺吉期

吉日吉时传吉语，新人新岁结新婚

梅蕊春催妆点额，椒花颂献结同心

红桃宜插新人鬓，翠柳巧成同心结

喜鹊喜期报喜讯，新燕新春闹新房

紫燕当享营巢乐，骏马应知行路难

柳荫双栖莫忘晓，荷塘并蒂当知时

双飞黄鹂鸣翠柳，并蒂红莲映碧波

新舟迎来采莲女，湖面又添荡桨歌

簇律新声禧延凤首，华堂喜气结缡同心

（二月）

一对璧人开吉席，二分春色到华堂

凤翔鸾鸣春正丽，莺歌燕舞日初长

柳暗花明春正半，珠联璧合影成双

眉黛春生杨柳绿，玉楼人映杏花红

宴启合欢觞飞月夕，枝成连理颂献花朝

云拥妆台和风正暖，花迎宝扇丽日初长

（三月）

乐和笙箫吹夜月，花开桃李笑春风

景丽三春闺阁暖，祥开百世花容娇

桃花人面红相映，杨柳春风绿更多

名花艳映同心侣，美酒春留娄尾杯

万紫千红十分春色，双声叠韵一曲新歌

（四月）

清和时节日初长，美满姻缘天作合

色香露沾蔷薇架，富贵花开芍药栏

满架蔷薇香凝金屋，绮兰芍药艳映琼楼

新妇羹汤樱厨初试，美人香草兰佩相贻

（五月）

醅酒香浮蒲酒绿，榴花艳映独花红

婚联

镜里彩鸾留倩影，钗头艾虎助新妆

凤管音谐金缕曲，蝶衣粉溅石榴裙

云开兰叶香风起，火灿榴花暖意融

（六月）

池塘荷花发，锦屋人月圆

莲花开并蒂，兰带结同心

午窗双喜帖，长夏并莲开

荷花香六月，佳偶乐百年

荷塘新蕊放，月色慧心圆

已向蓝桥收白璧，还于绣幕引红绳

双飞黄鹂鸣翠柳，并蒂红莲映碧波

六月红莲双争艳，一堂好友共举杯

情重意浓双飞燕，花红叶绿并蒂莲

沼上莲花已并蒂，庭中荔子又连枝

柳叶眉添京兆笔，藕丝纱罩美人裳

恩爱自征双美合，风光大好一年中

雪藕调冰两情蜜月，鼓琴被袗一曲熏风

（七月）

牛女夜相会，朱陈酒合欢

二美百年好，双星七夕逢

天上双星会，人间两姓婚

欢声偕鱼水，喜气溢门庭

同心永结幸福果，并蒂新开合欢花

玉镜人间传合璧，银河天上渡双星

云汉桥成牛女渡，春台萧引凤凰飞

（八月）

月掩芙蓉帐，香添锦绣帏

花容羞月色，秋夜作春宵

中天一轮满，秋日两姓欢

妆阁试呈双凤舞，蟾宫先折一枝香

兰幕宵长香馥郁，桂林荫满月团圆

桂苑月明金作屋，蓝田日暖玉生香

吉日恰逢桂子熟，新婚喜共月儿圆

十色缀地花香久，五光映天恩爱长

紫箫吹月翔丹凤，翠袖临风舞彩鸾

（九月）

喜望金菊放，乐迎新人来

菊花艳放迎淑女，竹叶香浮宴贵宾

菊时把盏斟美酒，月令联姻庆齐眉

扫洁庭院迎淑女，酿成菊酒宴嘉宾

三三美酒庆联璧，双双玉燕喜齐飞

菊酒对饮欢两姓，月华结盟喜一心

不劳鸿雁传尺素，且喜秋声入洞房

诗题红叶同心句，酒饮黄花合卺杯

酿熟黄花节逢重九，眉分碧月样画初三

（十月）

花瑶姑娘和小伙子们在抢亲，个个满副狼狈，个个兴高采烈

国庆家婚庆，月圆人团圆

小春迎雅客，阳月惠佳人

十分美好日，一往情深时

此日花开梅并蒂，今宵人庆月双圆

秋红双喜十月夜，华月共丽佳人妆

翡翠帘垂初月夜，鸳鸯被卷小阳春

同心盟证三生石，连理枝开十月花

（十一月）

雪案初吟才女絮，玉盆新供水仙花

雪雁双飞严霜退，红梅并放坚冰融

画眉笔带凌云气，种玉人怀咏雪才

一线日长量晷影，二南曲奏叶徽音

箫引凤凰律回葭琯，杯斟鹦鹉香抱梅花

（十二月）

菊垂金作屋，梅点玉为容

腊月梅花勿让雪，新春玉步待迎人

红灯高照鸳鸯舞，鸾凤和鸣岭上梅

婚联

合欢共辞黄封酒，度岁新添翠袖人

腊粥试调新妇手，春醅初熟阖家欢

阖家欢庆腊月禧，并蒂盛开一枝梅

金屋才高诗吟白雪，玉台春早妆点红梅

（3）新婚洞房联

鸟语纱窗晓，莺啼绣阁春

琼楼新春属，洞府美鸳鸯

屏中金孔雀，枕上玉鸳鸯

情山栖鸾凤，爱水浴鸳鸯

玉室新人笑，洞房喜气浓

金风过清夜，明月悬洞房

花间金作屋，灯下玉为人

和风大地暖，春意新房浓

鱼水清泉伴，夫妻白首和

屏中金孔雀，枕上玉鸳鸯

情叙西厢月，喜气满新房

一朝喜结两姓爱，百岁不移半寸心

良缘一世同地久，佳偶百年共长久

花烛银灯鸾对舞，春归画栋燕双飞

一岭桃花红锦绣，百盘银烛引新人

大好年华成美事，文明世景结良缘

伉俪云临门结彩，夫妻志铭心如磐

岁月春新地泛绿，洞房花妍影摇红

月圆花好鸳鸯笑，璧合珠联鸾凤飞

凤落梧桐梧落凤，珠联璧合璧联珠

新婚夫妇拜天地的中堂

寿联

【寿联】

寿联就是为他人或自己祝贺寿辰而作的对联。祝寿是我国历史悠久的习俗，至少在汉代就已存在。北宋孙奕《履斋示儿篇》载："黄耕庚夫人三月十四日生，吴叔经作寿联曰'天边将满一轮月；世上还钟百岁人'。寿联之风始于此。"时至明清，祝寿送贺联之风盛行，一直延续至今。

寿联一种用于寿礼庆贺场合，烘托喜庆气氛，一种是借祝寿而应酬，相互赠送，评价寿主功绩，祝愿更加长寿，兼有议论与抒情特点，交际性较强。所以前一种属于通用性的，后一种则必须结合个人特点、作者与寿主关系，属于创作。也有一类借祝寿对寿主进行讽刺的对联，算是寿联中的别体。

寿联可分通用寿联、专用寿联和自寿联。

1. 通用寿联。这种寿联不具个性而具通用性，适用于任何职业的男女。

福如东海长流水；寿比南山不老松。这是一副时间久远、范围广泛的通用寿联，联意吉祥、对仗工整、朗朗上口，受到人们的喜爱。再如：

鹤算千年寿；松龄万古春。

文移北斗成天象；日捧南山作寿杯。

益寿延年歌鹤算；高龄遐日祝松筠。

2. 专用寿联。联语必须切合过寿者的年龄、性别、身份、地位、德行、业绩等等，有明确的针对性。

如袁枚贺史贻直寿联：南宫

六一先生座；北面三千弟子行。史贻直，清康熙进士，乾隆年间任文渊阁大学士兼吏部尚书，前后居相位二十年。史贻直70岁生日时，袁枚以此相贺。上联的"六一先生"指欧阳修（号六一居士），下联则指孔子（有三千弟子），借喻史贻直长期居宰相要职和培养过大批弟子，虽是赞誉之辞，却含而不露，史甚为欣赏。此寿联是专用寿联，只适合于史贻直，不能易人。

再如纪晓岚贺乾隆帝寿联：四万里皇图，伊古以来，从无一朝一统四万里；五十年圣寿，自兹以往，尚有九千九百五十年。臣子作联贺帝寿，常用模式是歌功祝寿，但纪晓岚跳出俗套，特别是下联，"九千九百五十年"加"五十年"，刚好是"万岁"，真是奇思妙想。

毛泽东六十寿辰时，徐悲鸿贺寿联：言论文章，放之四海皆准；功勋伟业，长与日月同光。

3. 自寿联。就是自己为自己撰写的寿联。由于对自己了解得更深，所以自寿联往往更切合实际，表明心迹。

如杨度自寿联：开天辟地，先盘古十日而生；东奔西跑，享民国七年之福。1919年1月9日（农历腊月初八）是杨度44岁生日。传说盘古是腊月十八日生，所以说"先盘古十日而生"。袁世凯死后，杨度曾遭北洋政府通缉而出走，后虽返京，但已十分潦倒。此联名为自寿，实为自嘲。作者苦中作乐，将自己与盘古作比。民国初年，社会动荡，杨度处境又不利，但他还要讽刺一下时局，把七年受苦说成享福，以幽默的笔法发泄自己对时局的不满。

三多以外有三多，多德多才多觉悟；四美之先标四美，美名美寿美儿孙。这是俞樾的自寿联。上联第一个"三多"，旧时称多福、多寿、多男子为"三多"。下联第一个"四美"，古人以良辰、美景、赏心、乐事为"四美"。以"四"

对"三",历来被联界视为难对,鲁迅先生就曾被"三鸟害人鸦雀鸽"难住过。俞氏在下联将"儿孙"拆为二美,使"四"与"三"巧妙成对。

再看郑板桥的六十岁自寿联:

常如作客,何问康宁,但使囊有余钱,瓮有余酿,釜有余粮,取数页赏心旧纸,放浪吟哦,兴要阔,皮要顽,五官灵动胜千官,过到六旬犹少;

定欲成仙,空生烦恼,只令耳无俗声,眼无俗物,胸无俗事,将几枝随意新花,纵横

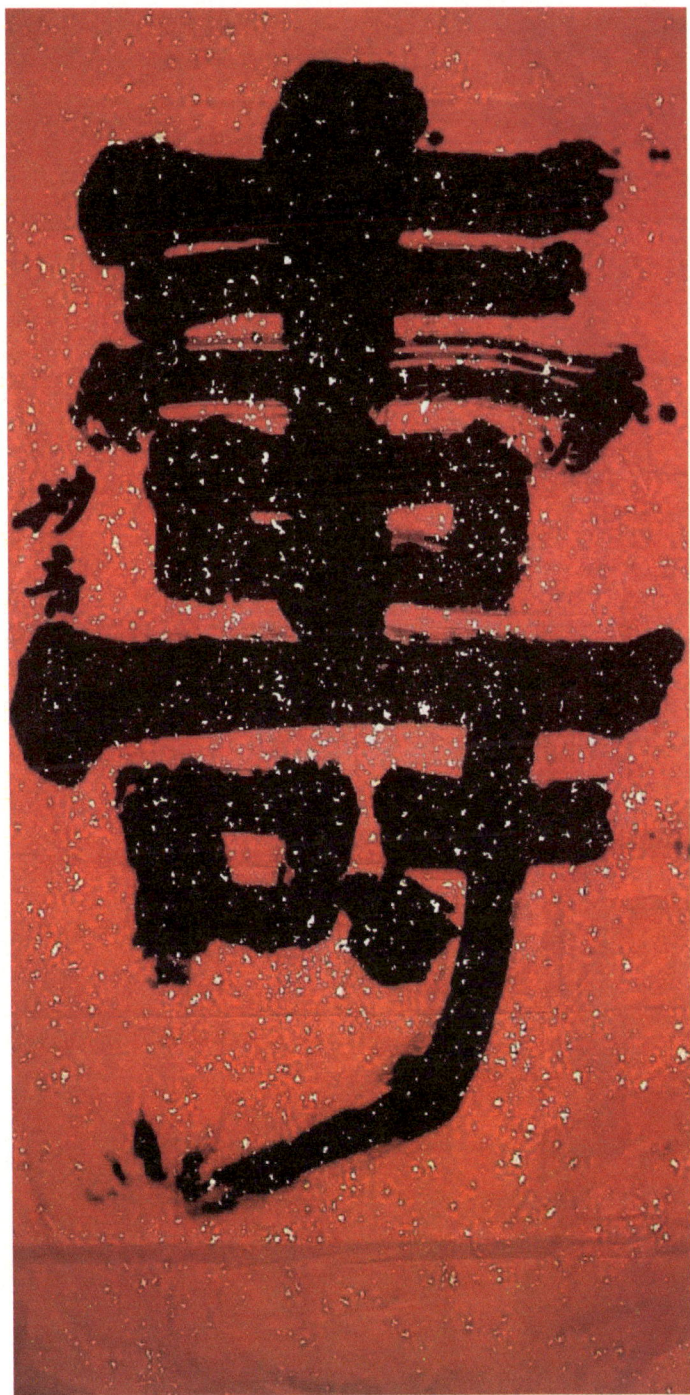

寿

福如东海长流水

寿比南山不老松

穿插，睡得迟，起得早，一日清闲似两日，算来百岁已多。

郑板桥作此寿联时，正在潍县任上。第二年，因为民请赈，得罪权臣被罢官。从这副自寿联中，读者可以看出他那愤世嫉俗的情操，同时也可发现他那企求超脱的消极情绪。古人做自寿联，多喜自誉，但郑板桥却用大白话说大实话，足见其圣哲胸怀和高士品格。

【运用】

既效关卿不伏老；更同孟德有雄心。

自是牡丹真富贵；果然松柏老精神。

琼林歌舞群仙会；海屋衣冠百寿图。

德如膏雨都润泽；寿比松柏是长春。

文移北斗成天缘；酒近南山作寿杯。

室有芝兰春自韵；人如松柏岁长青。

丹桂飘香开月阙；金萱称觞咏霓裳。

麻姑赐得长生酒；天女散来益寿花。

（后两联专用于女寿）

由此可以分析得到寿联常用意象及主题。松、柏、龟、鹤、梅、竹、桂、桃等均与长寿有关，芝兰指儿孙，椿龄、椿庭、大椿、灵椿指父亲，萱草、萱堂、北堂喻母亲。老当益壮、老骥伏栎则加勉励，天赐、仙乐等都与益寿延年、老有所乐相联系。

寿联多为五字或七字，也有达数十字或数百字的。寿联的内容以切事、脱俗、工整而有韵味为上乘，所以撰拟寿联，必须认清对象，立定主旨，选用恰当的词句，注以流畅的气势。对人则恰如其分，对事对物则描绘生动，不务虚华，使人一看就能明白其意义，引起共鸣。寿联为求其以少数文字蕴涵多层意思，多用文言文字词加以点缀，并且多用成语、典故、专名。但用成语、典故、专名时，必须先了解其含义，如祝60岁寿用"花甲"，祝70岁寿用"古稀"。但如用"南极"二字以祝女寿，用"宝婺"二字以祝男寿，就错了。

传统寿联所用典故都是文化知识，分年龄与男女的可以从字面上辨别，有时更需要了解典故。下面先举几个例子。

相传纪晓岚为一对夫妻都活141岁的寿星写寿联：花甲重开外加三七岁月，古稀双庆还多一个春秋。花甲指60岁，古稀指70岁，上下联都表示141岁的意思。

如果是妇女寿辰，则多用与女子有关的典故，如西王母、瑶池、列女、坤仪、高堂，萱堂、宝婺等。萱草可比慈母，宝婺则是天上女宿的别名，婺是美丽的意思。懿德也多形容女德。

汉柏秦松骨气，商彝夏鼎精神

人生不满公今满，世上难逢我竟逢

凤凰枝上花如锦，松菊堂中人比年

（贺夫妇双寿联）

学精术也精，名士名医随时唤；人寿己亦寿，仙桃仙杏逐年栽（贺医生寿联）

寿联

斑衣人绕膝，白首案齐眉

梅竹平安春意满，椿萱昌茂寿源长

园林娱老儿孙好，夫妇同耕日月长

风和璇阁恒春树，日暖萱庭长乐花

瑶觞春介齐眉寿，锦砌晖承绕膝花

南极星辉牛斗度，北堂萱映凤凰枝

并蒂花开瑶岛树，合欢酒进碧筒杯

椿萱并茂交柯树，日月同辉瑶岛春

年享高龄椿萱并茂，时逢盛世兰桂齐芳

南极星辉斑联玉树，北堂瑞霭花发金萱

德行齐辉一门合庆，福寿大衍百岁同符

红杏争春群芳献瑞，白华养志二老承欢

看双影今宵普照客满樽俱满，

美齐眉此日平分五十寿屈指

望三五夜月对影而双天上人间齐焕彩，

占八千春秋百分之一椿庭萱舍共遐龄

孙子生孙上寿同臻称国瑞，

老人偕老百年共乐合家欢

　　一般的寿联往往结合寿主年龄，古人过寿不像现代人庆生日，寿诞庆祝要有一定资历才行，即自己有一定成就，儿女有一定成就，年龄至少是40岁。这里说寿联，按十年一大庆的说法，一般只说到

40、50、60、70、80、90、100，过了100岁的老人则一定年年庆寿，年年都是大庆。

正值壮年，应知不朽方为寿；恰当而立，须知文章可永龄。（贺10~30岁）

不惑正当时同心创业；无虞须发奋共愿兴家。（贺20~40岁）

韦编三绝今知命；黄绢初裁好善书。（贺30~50岁）

古稀不老如山如阜；椿树永春大德大年。（贺40~60岁）

晚年屡享千般福；寿域宏开九秩春。（贺50~70岁）

花甲重逢，增加三七岁月；古稀双庆，更多一度春秋。（贺60~80岁）

人方中年五十曰艾；天予上寿八千为春。（贺50岁）

元龙早日推湖海；安石中年在丝竹。（贺男50岁）

温公正入耆英会；马氏咸称矍铄翁。（贺男60岁）

国中从此推鸠杖；池上于今见凤毛。（贺男70岁）

耆年可入香山寿；硕德堪宏渭水

误。（贺男80岁）

瑶池果熟三千岁；海屋筹添九十春。（贺90岁）

上寿期颐庄椿不老；君子福履洪范斯陈。（贺男100岁）

闲雅鹿裘人生三乐；逍遥鸠杖天保九如。（贺男90岁）

六秩华诞新岁月；三迁慈训大文章。（贺女60岁）

日煦萱花云微异彩；天留宝婺人庆稀年。（贺女70岁）

　　寿联因其使用范围的特殊性，其横批也稍有限制，常见的横批有：椿萱并茂、天上双星、庚婺同明、柏翠松青、盘献双桃、家中全福、日月双辉、河山并寿。

胜迹联

胜迹联就是名胜联和古迹联。名胜联包括山水风光和名胜园林联；古迹联包括神教联和名人联。

1. 名胜联

（1）山水风光联。内容多为赞美山河的壮美，或触景生情，抒发感慨。

泰山极顶联：地到无边天作界；山登绝顶我为峰。泰山极顶，标高1545米，因其上建有玉皇庙，故又名玉皇顶。登上极顶，才能真正领略到"一览众山小"的无限风光。上联首先描绘的是一幅天与地相接的壮阔画面，不立于泰山极顶是看不到这种场面的。下联则抒发豪情，人在极顶之上，当然是人比山高了。"我为峰"三字，是前人未曾使用过的词语，力敌千钧，写出了磅礴的气势。作者王讷，可谓是对联之方家。

青岛崂山联：镜里常观天边月；室中可采海底珠。崂山在山东半岛东部，海拔1133米。崂山较其他名山别具一格，它山海相连，险峰异石遍布，溪水名泉随处可见，古人有云"泰山虽云高，不如东海崂"，确有一定的根据。此联以朴实无华的词语，为我们勾画出一幅水月图，上联写崂山屋内观月的情景，月是"天边月"，远在天边，没有任何遮拦，说明此山峻极突兀、特立伟岸。下联写坐在屋里可以采集到海里的珍珠，虽为奇特的想象，又绝非虚语妄言。整联未直接写山，但抓住了山的特点，崂山的形象也就展现在读者的面前。

庐山山阴石屋联：花雨欲随岩翠落；松风遥傍洞云寒。山阴石屋在香炉峰的半山腰，于谦的这副对联，以非常缜密的笔触，抓住了"花雨"、"岩翠"、"松风"、"洞云"这四个实景，以"欲随"、"遥傍"表明它们之间的关系，最后以"落"、"寒"二字烘托石屋清幽寂静的超然境界，这是道地的风物联，呈现出自然、清新、亲切的景象。

杭州西湖平湖秋月联：凭栏看云影波光，最好是红蓼花疏，白萍秋老；把酒对琼楼玉宇，莫孤负天心月到，水面风来。上联写秋，认为观赏西湖的风光，最好是在红蓼花疏、白萍秋老的时节，比娇嫩的春季、丰满的夏季和寂静的冬季要好得多。下联写月，在琼楼玉宇的大背景下，迎风把酒，别有一番情趣，情景交融。

青海湖联：青天飞羽成群，斑雁棕鸥，遮蔽湖光荫牧笛；海水兴波激浪，晴岚夕照，往来帆影送渔

趵突泉名胜联文化底蕴深厚

歌。上联写天际所见，晴朗天空，飞鸟成群，遮住了湖光，荫蔽了牧笛声。下联写水上近景，湖水波浪汹涌，霞光夕照中船帆来来往往，不时有渔歌传来，是一幅立体的有声有色的画面，活画出青海湖的极美风光。

吉林"查干湖杯"海内外征联大赛有五联获得一等奖，其中黑龙江李佳文的获奖联是：青纱绿苇搭台，覆云为帕，挥霞为扇，鸟来伴唱，鱼来伴舞，演绎新编天地二人转；细雨和风立意，泼露成珠，点蕾成虹，日照镶金，月照镶银，对出绝妙古今一副联。上联写天上的"云"、"霞"，地上的"鸟"、"鱼"，演绎成新编天地二人转。下联写"露"、"蕾"、"日"、"月"，对出了绝妙古今一副联。全联写景，景中寓情，手法有独到之处。

（2）名胜园林联。园林是通过人工修建而成的具有山水、建筑的艺术实体，由于地域不同，园林的特点也不同。

颐和园是皇家园林，乾隆题十七孔桥联是：虹卧石梁，岸引长风吹不断；波回兰桨，影翻明月照还空。上联写站在美若卧虹的十七孔桥上，可以感受到长风吹拂的惬意。下联写月夜泛舟十七孔桥下，可以从桥影中感悟到不尽的禅味。全联生发出风与月、动与静等诸多意趣，描绘了令人神往的境界。

康熙题承德避暑山庄烟波致爽联：树将暖旭轻笼牖；花与香风并入帘。承德山庄的烟波致爽，是康熙避暑所居寝殿中的正殿，周围湖光泛金，绿树连荫，虽处盛夏也有烟波送爽，取名是再贴切不过了。康熙的这副对联，上联说在绿树掩映之中，阴光照射进来，洒满了整个窗户，暖融融的。下联写阵阵花香随风飘进窗帘里，静谧恬适。"笼"、"入"二字，使静态的景物动了起来，具有致爽的灵气。

郑燮题扬州百尺梧桐阁联：百尺高梧，撑得起一轮月色；数

曾氏宗祠

橡矮屋，锁不住五夜书声。此联全
为写景，但上下联相互映衬，产生
了相得益彰的效果。上联说梧桐高
百尺，下联说屋矮仅数椽，一高一
矮，更显梧桐之高。上联写一轮月
色，静态，下联写五夜书声，动
态，一静一动，相映成趣。

　　蒋绮龄题桂林南薰亭联：山
从衡岳分来，数云外芙蓉，画本
都收眼底；水向苍梧重汇，听江头
琴筑，元音犹在人间。上联写山，
登山远眺，青山绿水，西湖荷花盛
开，风景秀丽，"都收眼底"。由

于桂林的山多与衡山连接，所以说"山从衡岳分来"。下联写水，湘江和漓水在苍梧江汇合，想象中，在南薰亭上可以听到琴筑之声。相传，舜曾巡狩衡山，并死在苍梧之野；又传，舜曾作《韵乐》，可见时空的延续多么长远啊！

2. 古迹联

（1）神教联。中国古代是信奉多神的国家，神文化是中华文化的组成部分。科学发达的今天，人们往往视神为迷信，但以历史唯物主义的观点看，神是在人类无法解释各类自然现象时所产生的想象，它代表着人类社会的发展水平，有着复杂的文化内涵，具有各种学科的研究价值。

玉皇大帝是传说中天界的最高领袖，北京良乡公义庙有玉皇庙，庙联是：元功佑辑横流定；大德荊资兆姓安。土地神庙遍及全国城乡各地，是享受民间烟火最盛的神灵之一。湖北长阳太竹园土地庙联是：土发黄金宝；地生白玉珍。联以顶格嵌入"土地"二字，对仗工整，联语又寓事理，是五言佳联。横批是"吾土地也"，又属拆合字，颇妙。

一般的大山都有自己的山神庙。巫山神女庙联是：七百里劈峡导江，斧凿难为功，明德同怀夏先后；十二峰兴云降雨，神仙不可接，微词特讽楚襄王。上联写夏禹治水的业绩，下联写神女之事浩渺难寻，表示了作者对神女的思索和感慨，增添了神秘色彩。

苏州虎丘有花神庙，其联云：一百八记钟声，唤起万家春梦；二十四番风信，吹香七里山塘。写出了花神的功德威力。

甘肃有黄河河神庙，庙联云：全河首尾经中国；九曲纵横入大清。

青海西宁市有风神庙，联云：律协静条鸣，试看豹驾螭骖，作雨成霖，都成清景；化行知草偃，听罢胡笳羌笛，阜财解愠，更谱虞琴。全联写风的功用，顺便写了风

爱晚亭

的形象：怀抱琵琶谱虞琴，柳条与之和鸣。

其他还有财神、媒神、城隍、门神、灶王、厕神等，有神就有庙，有庙就有联，不再赘述。

在宗教信仰上，中国有五大教，即佛教、道教、伊斯兰教、天主教和基督教，但只有佛教和道教与楹联关系密切。在佛教寺庙对联中，多为赞颂佛法。

北京卧佛寺联：发菩提心印诸法如意；现寿者普度一切众生。

有的强调寺庙的地理、历史，如赵朴初题门头沟潭柘寺联：气摄太行半；地辟幽州先。上联说寺址在太行山中，下联说建寺历史久

远，俗语说："先有潭柘寺，后有北京城"，就是此意。

有的写景，如乾隆题卧佛寺联：云开春阁图书静；雨霁秋窗竹桂闲。

有的抒情，如江苏金山寺联：一瓦一椽，一粥一饭，檀越膏脂，行人血汗，尔戒不持，尔事不办，可惧可忧，可嗟可叹；一时一日，一月一年，流光易度，幻影非坚，凡心未尽，圣果未圆，可惊可怖，可悲可怜。

弥勒佛联，则切合其形象，多显幽默，如北京门头沟潭柘寺弥勒佛联：大肚能容，容天下难容之事；开口便笑，笑世间可笑之人。

佛道本应为平等的教派，但事实上佛教多受推崇，而道教则屈于佛教之下。对此事不平的李渔作了一联，题于简寂观老君殿：天下名山僧占多，也该留一二奇峰，栖吾道友；世间好语佛说尽，谁识得五千妙论，出我先师。下联的"五千妙论"，指老子所著《道德经》。此联问世之后，也许是佛家大度，并未作出针锋相对地回应。时至今日，佛、道两家真正成为平等的了。

广州越秀山三元宫联：地接玉山，百粤灵光高北斗；水迎珠海，千秋道气洽南溟。此联颂扬道教的神灵。

四川青城山是著名的道教圣地，但朱肇修撰建福宫大殿联，将道佛二教统一到联中，联云：惟名山能留仙住；是真佛只说家常。

（2）名人联。华夏大地人杰地灵，在五千年的文明史中，涌现出许多杰出的人物，他们是中华的脊梁，民族的精英。

河南淮阳城北有太昊陵，是传说中伏羲氏的陵墓，侯麦祥题联：后天地而生，朱围犹堪寻胜迹；立帝王之极，白云长此护灵墟。

陕西韩城有龙门禹庙，五也樵题联：东龙门，西夔门，行地喜安澜，历数胜游，疏凿千年怀禹绩；左晋岭，右秦岭，极天撑峭壁，中分两界，别开一面走黄河。

乾隆题曲阜孔庙联：气备四时，与天地日月鬼神合其德；教重万世，继尧舜禹汤文武作之师。

董必武题嘉兴南湖革命纪念馆联：烟雨楼台，革命萌生，此间曾著星星火；风云世界，逢春蛰起，到处皆闻殷殷雷。

行业联

行业联就是各行各业的专用联。行业联有明显的职业特点和广告特征，具有很强的针对性。有些行业，如饭店、客栈、铁匠铺，古已有之，行业联也出现也较早。手工业的发展，使得商业分工很细，致使行业联越来越丰富。时至今日，经济部门分支更多，新的行业层出不穷，行业联也有了新的发展和变化。行业联的作用有两个：一是装饰门面，一是吸引顾客。后者更为重要。好的行业联需注意以下几个方面。

1. 首先必须突出行业的特点。

如裁缝店联：寒衣熨出春风暖；彩线添来瑞日长。

再如照相馆联：今日留影取姿随便；他年再看其乐无穷。

2. 宣传商品的性能、优点。可以是一般地介绍产品或商品。

化妆品店联：雪花资润泽；香水溢芬芳。

如刻字店联：以六书传四海；愿一刻值千金。

如墨店联：玉露磨来香雾起；银笺染处淡烟生。

也可以嵌入式介绍老字号及其品牌。如：泉美花香，彼此心同双合盛；气清韵永，精诚力致五星红。这是张少成题北京双合盛啤酒厂联，该厂五星牌啤酒进入欧美市场，为祖国赢得声誉，联中以"五星红"双关，予以概括。再：端溪妙品；鸲眼流光。久负盛名的端砚产于广东肇庆（古称端州）的端溪一带，所以又名"端溪砚"；鸲眼即鸲鹆眼，是指砚石上的圆形斑点，大如五铢钱，小如芥子，上有白、赤、黄各色晕纹，有的晕有数重至十几重，而且兼有瞳子，看上去活像鸟兽的眼睛，为巧夺天工的珍贵艺术品。有石眼的端砚尤为贵重难得，历代视为珍品，得之乃无价之宝。

3. 寓含广告意味。

如音像店联：此曲只应天上有；斯歌莫道世间无。

再如饭庄联：供饷十洲三岛客；欢迎四海五湖人。

4. 以双关语励志修身。

如书店联：有关家国书常读；无益身心事莫为。

再如钟表店联：刻刻催人资警醒；声声劝尔惜光阴。

5. 追溯历史。

追溯本店历史和字号的来源。

如京华老字号征联时，杨起所作的"六必居"酱园联：黍必齐，曲必实，湛必洁，器必良，火必得，泉必香，京华古都传统，必严必信，居家旅行，懿哉君子；味斯淳，气斯馨，泽斯清，质斯正，形

斯雅，品斯精，嘉靖年间风骨，斯承斯盛，佐餐助酌，莞尔佳宾。

该酱园始建于明嘉靖九年(1530年)，其"六必"为"黍稻必齐，曲蘖必实，湛之必洁，陶瓷必良，火候必得，水泉必香"，是其酱园生产的传统工艺，故名为"六必"。这些，都在联中得到恰当的表述。

追溯本行业的历史和与本行有关的重要逸闻。

纸店联：薛家新制巧，蔡氏旧名高。

上联指唐薛涛创制新笺，下联指东汉蔡伦改进造纸术，这都是造纸行业的重大历史事件。

又如扇子店：右军五字增声价，诸葛三军仗指挥。联中引出两位与扇子有关的古代名人。据《晋书》所载，大书法家王羲之"在蕺山见一老姥，持六角竹扇卖之。羲之书其扇，各为五字。姥初有愠色。因谓姥曰：'但言是王右军书，以求百钱邪。'姥如其言，人竞买之"。这便是上联所讲的典

乙酉年孟春　　　夢石成金　　　黃冠華刻印

專·業·刻·印·店

HUANG GUANHUA'S
PROFESSIONAL CHOP SHOP No.67

梦石成金专业手工刻印店

SECOND GENERATION
TRADITIONAL CHOP MAKER

67

花香不在多

店经何须大

行业联

翠羽茶

国茶有道

智者品茶添雅趣
闲人弄墨寄诗情

茶楼户外楹联

故。下联是说诸葛亮。据《语林》记载，诸葛亮与晋宣帝战于渭滨，乘素舆，著葛巾，执白羽扇指挥三军，这也就是后来舞台上的诸葛亮形象。

【各行各业的对联】

药店用联：

聚蓄百药，平康兆民

药圃无凡草，松窗有秘方

架上丹丸长生妙药，壶中日月不老仙龄

酒店用联：

画栋前临杨柳岸，青帘高挂杏花村

瓶中色映葡萄紫，瓮里香浮竹叶青

一川风月留醑饮，万里山河尽浩歌

酌来竹叶凝怀绿，饮罢桃花上脸红

玉井秋香清泉可酿，洞庭春色生涯日佳

宾馆用联：

共对一樽酒，相看万里人

栈曲有云皆献瑞，房幽无地不生香

喜待东西南北客，献出兄弟姐妹情

春夏秋冬一岁川流不息，东西南北四方宾至如归

饭香菜美喜供嘉宾醉饱，褥净被暖笑迎远客安居

茶馆用联：

香分花上露，水汲石中泉

龙井泉多奇味，武夷茶发异香

九曲夷山采雀舌，一溪活水煮龙团

瓦壶水沸邀清客，茗碗香腾遣睡魔

餐馆饭店用联：

频报捷音一壶春暖，畅谈画事两腋生风

美味招来云外客，清香引出洞中仙

胜友常临可修食谱，高朋雅会任选山珍

件件随心饥有佳肴醉有酒，般般适合冷添汽水热添茶

水果店用联：

尝来皆适口，咽去自清心

李桃交谊笃，橘柚及时登

绿橘红柑奇香可挹，交梨大枣仙口同珍

理发店用联：

就我生春色，为君修美容

虽云毫末技艺，却是顶上功夫

不教白发催人老，更喜春风满面生

修就是番新气象，剪去千缕旧东西

入门尽是弹冠客，去后应无搔首人

粮店用联：

谷乃国之宝，民以食为天

生产五谷农无愧，供应三餐我有功

行业联

食为民天济所不足，粮家乃国本利其余

腊味、海味店用联：

嘉名称火腿，美味出金华

陈列奇珍来海国，搜罗异味备天厨

澡堂浴室用联：

金鸡未唱汤先热，旭日初临客早来

石池春暖人宜浴，水阁冬温客更多

酱业店用联：

调和五味，福利万民

储积玉钵香浮芍药，调和金鼎味重盐梅

足国宜人功留四海，煎霜煮雪品重调和

丝绸棉布店用联：

聚来千亩雪，纺出万机云

织成云霞锦，绣出草木花

冷暖随人意，缠绵动客心

欲知世上丝纶美，且看庭前锦绣鲜

万国山川藏彩线，四时花鸟贮金针

掌握千丝织就中天美锦，胸罗万象

绣成上苑奇葩

香料店用联：

雪花资润泽，香水溢芬芳

香送春风令神爽，粉添花气袭人来

蝶粉迷香栩栩入梦，燕脂润色飘飘欲仙

雨具店用联：

耕田不用蓑衣着，行路无劳伞盖张

霖雨春色哪怕乌云盖顶，长途夏热

何愁白日当头

线店用联：

云霞分五色，锦绣聚千丝

度得鸳针如此巧，绣成凤彩自成文

慈母手中丝丝织补，佳人灯畔细细穿针

扇店用联：

影动半轮月，香生一握风

举动随时消酷暑，动来常伴有清风

右军五字增声价，诸葛三军听指挥

印染店用联：

欲待春花明锦绣，先从晓月焕丝纶

淡浓均可如人意，深浅皆能称客心

嫩绿娇红添就几般春绝，轻黄淡白

染成一段秋客

玩具店用联：

看巧匠无双手段，博儿童整日心欢

吹吹打打敲敲般般好玩，白白红红

绿绿色色精工

眼镜店用联：

悬将小日月，照澈大乾坤

秋水澄清菱花七出，春山浮翠桂月双圆

远近模糊皆登快境，重光日月幸遇昌时

迎八面春风入院

接四方宾客归家

藏古今学术瑰宝

聚中外文化精华

迎八面春风入院　接四方宾客归家（宾馆）

藏古今学术瑰宝　聚中外文化精华（书店）

行业联

钟表店用联：

可取以准，勿失其时

万千星斗心胸里，十二时辰手腕间

刻刻催人资惊醒，声声呼汝惜光阴

鞋店用联：

步月凌波去，登堂入室来

前程远大脚跟须站稳，工作浩繁步骤要分清

金银首饰店用联：

四时恒满金银器，一室常凝珠宝光

知君家吉星高照，来我室喜气将临

金柳若摇莺欲语，银花如绽蝶疑飞

帽店用联：

嘉名称博士，大礼重高冠

头寸自家寻大小深浅须合意，式样烦君多留意老少各随时

油漆店用联：

金碧丹青资色泽，门间楣角焕光华

一抹生涯良工献技，万间广厦百姓欢颜

润及轻舟水波不入，光生朽木风雪难侵

此是春华秋实事业，并非东涂西抹东西

古董店用联：

夏鼎商彝传流千古，秦砖汉瓦罗列一堂

珠宝店用联：

光华能照乘，身价重连城

天上明河银作水，海中仙树玉为林

积珍珠装成宝树，聚美玉摆出银花

旧货店用联：

当知天下本无弃物，非真我辈不青维新

花店用联：

万紫千红工点缀，春桃秋菊费平章

富水园林平泉花木，春风桃李秋雨芭蕉

玻璃店用联：

光明铸出千秋鉴，气冷凝出一片冰

镜店用联：

台上冰华澈，人间月影清

初傍玉台疑挂月，未开宝匣似藏云

秋水为神纤尘不染，寒冰作骨皓月同明

藤器店用联：

古洞凹中引长蔓，良工手内无弃材

高崖古洞千年寿，密蕊精花几许春

出品必精价廉物美，制器须固外巧内坚

灯具店用联：

不愁夕阳去，还有夜珠来

满室明如昼，流光夺月辉

珠玉光辉琉璃世界，天中皓月太空明星

皮箱店用联：

放行尺可随身带，便利何妨用手提

竹器店用联：

虚心成大器，劲节见奇才

秤店用联：

权衡凭正直 轻重在公平

轻重皆知一杆在手 偏颇不得双纽关心

理贵持平不卑不亢 心能守正无私无偏

文具店用联：

挥毫列锦绣，落纸如云烟

薛家新制巧，蔡氏旧名高

贮水养来清玉案，和烟磨出紫溪云

质分蕉叶和烟断，洁比梅花带雪磨

古纸硬黄临晋帖，新笺匀碧录唐诗

佳制快传乌玉块，异香争美紫霄峰

奇香细丽金壶汁，旧谱曾传易水烟

玉露磨来浓雾起，银笺染处淡云生

五色艳争江令梦，一枝春暖管城花

银流鹊白三都贵，墨染雅青五色奇

天涯雁寄回纹纸，水国鱼传尺素书

以纯为体以静为用，如玉之坚如砥之平

刀店用联：

光照天边月，寒凝涧底泉

不历几番锤炼，怎成一段锋芒

佳制金刀赛银超镍，好将玉手镂月裁云

建筑业用联：

经营有大志，建造集良工

建成大厦高华宅，留与后人久远居

双手盖起高楼大厦，双足踏遍地北天南

乐器店用联：

弦中参妙理，曲里寄幽情

和声鸣盛世，鼓乐庆升平

韵出高山流水，调追白雪阳春

不遇知音众声俱寂，偶然雅集百乐齐鸣

书店用联：

藏古今学术，聚天地精华

东壁图书府，西园翰墨林

欲知千古事，须读五车书

远求海内珍藏本，快读人间未见书

绘画店用联：

意飘云物外，诗入画图中

丹青饰山水，金碧绘楼台

大地山川生笔底，九州人物出毫端

竹树楼台弹指即现，烟云丘壑着纸而成

碑帖店用联：

六文开玉篆，八体耀银书

草店新书词林欣赏，兰亭古本学海珍藏

有迹可寻模传墨本，无体不备意在笔先

报社用联：

纵谈中外事，洞彻古今情

一朵一果™

NOTE·WRITE·ALBUM
线装笔记本·涂鸦本·主题相册

一朵一果
线装笔记本
NOTE
涂雅本
WRITE
主题相册
ALBUM

不负如来不负卿

不许孤眼不断肠

精品专卖店户外楹联

公月旦评见闻悉备，执春秋笔褒贬无私

数千年治乱兴衰都归大手笔，几万里见闻考核颇费小才华

印刷厂用联：

鎏金映出千行锦，点石刊成五彩文

植字抽芽文明播种，校书分叶著作成林

剧团用联：

英雄儿女事，丝竹管弦声

此曲只应天上有，斯人莫道世间无

照相馆用联：

现出须眉都活泼，看来毫发不参差

现出庐山真面目，留住秋水旧丰神

绘色绘香绘声绘影，有水有山有物有人

曲艺说书场用联：

胸中具成竹，舌底翻莲花

把古往今来重新说起，将悲欢离合再叙从头

刻印店用联：

以六书传四海，愿一刻值千金

龙蛇蜿蜒归梨枣，鸟兽飞腾入简笺

裱褙店用联：

丹青古美留真迹，翰墨因缘壮大观

宋锦吴绫工绚饰，六书三笔善装潢

六游全属斯文辈，生活还寻故纸堆

婚姻介绍所用联：

喜作月老牵红线，乐做红娘搭鹊桥

古徽杂货店的户外槛联

题赠联

题赠联分为赠人联和自题联。

1. 赠人联。在社会交际应酬中用于赠人的对联叫赠人联。赠人联能够起到联络感情、沟通思想、增进友谊的积极作用。

一种是上级赠下级、长辈赠晚辈，内容多为表扬、勉励和寄予希望。

明代开国皇帝朱元璋称帝后，向辅佐其创立帝业的文臣陶安赠联：国朝谋略无双士；翰苑文章第一家。

刘少奇赠盛涛：深山隐文士；盛世期新民。盛涛为当代名医。刘少奇的赠联，对其医术给予高度评价，并希望以后做一个有贡献的人。

当代画家吴子复赠弟子：若言创法先违法；有道承师后远师。全联是对弟子的教诲、希望。

沈钧儒赠方学武：立志须存千载想；闲谈无过五分钟。方学武是沈钧儒的秘书。上联勉励方学武立远大志向，下联希望其珍惜时间。

另一种是下级赠上级、晚辈赠长辈，内容一般为感谢、尊敬、赞颂之意。

林君选赠董必武：高名垂亿载；卓识绥八荒。赞颂董老的高名卓识。

刘基赠答朱元璋：雷为战鼓电为旗，风云际会；天作棋盘星作子，日月争光。此联作为朱元璋赠联的回赠，颂扬朱元璋创建的盛世。

毛泽东赠朱德之母：为母甘当民族英雄贤母；斯人无愧劳动阶级完人。毛泽东作为朱德母亲的晚辈，对长辈的品德大加赞扬。

郭沫若赠毛泽东：泽色绘成新世界；东风吹复旧山河。作为下级的郭沫若，颂扬毛泽东的伟大功绩。

还有一种最多的是朋友之间、同辈之间的赠联，内容多为抒发真挚感情，赞颂友情亲情、或颂扬受赠者，或劝勉鼓励。

冯玉祥赠张永玉：欲除烦恼须无我；历尽艰辛好做人。张永玉早年曾为冯玉祥部队医生，冯玉祥的赠联充满了对朋友的劝勉。

李啸村赠郑燮：三绝诗书画；一官归去来。李啸村是郑燮的朋友，其赠联概括了郑燮的艺术成就和仕途风波。

苏轼赠张先：诗人老去莺莺在；公子归来燕燕忙。张先为北宋词人，与苏轼为好友，晚年退居乡间，年逾八十家中尚蓄有歌伎，苏一日造访，戏赠此联，寓有劝诫之意。

林则徐赠潘锡恩：三策治河书，纬武经文，永作江淮保障；一篇澄海赋，捄天藻地，蔚为华国文章。潘锡恩，清嘉庆进士，官至南河河道总督，治河有方，为世人称道。林则徐的赠联，上联写潘治河有功，"永作江淮保障"；下联写潘文采飞扬，"蔚为华国文章"。

郭沫若赠于立群：摧翻经石峪；压倒逍遥楼。经石峪在泰山，其《金刚经》刻石，字经50厘米左右，历代尊为"大字鼻祖"。"逍遥楼"三字为唐颜真卿书，字大一尺五。联语对于立群习练榜书大字给予高度肯定。

蔡锷赠小凤仙：不信美人终薄命；古来侠女出风尘。小凤仙，北京六吉班歌伎，讨袁前夕，帮助蔡锷混出北京，被誉为"侠伎"。蔡锷的赠联，完全符合小凤仙的情况，最终逸出风尘，跟随蔡锷去了云南。

方地山赠张大千：八大到今真不死，半千而后又何人。"八大"，明末清初画家朱耷，号八大山人；"半千"，清初画家龚贤，字半千。此联嵌"大千"二字。

夏承焘赠王起：三五夜月朗风清，与卿同梦；九万里天空海阔，容我双飞。

郭沫若赠唐锋：大海有真能容之度；明月以不常满为心。

齐白石赠王森然：工画是王摩

诘；知音许钟子期。

韩国钧赠陈毅：天地已厌玄黄血；人心难平黑白棋。

宋教仁赠冯平：白眼观天下；丹心报国家。

黄兴赠汤增壁：立节可为千载道；成文自足一家言。

郭沫若赠张肩重：龙战玄黄弥野血；鸡鸣风雨际天闻。上联用《周易·坤》"龙战于野，其血玄黄"句，下联用《诗经》"风雨如晦，鸡鸣不已"句。

康有为赠吴佩孚，劝其勿刚愎自用：好问则裕，自用则小，虽周公之才美，使骄吝不足观矣；闻过则喜，见善则拜，若诸葛之公明，能集思庶广义焉。

黄兴赠白逾恒：立脚怕随流俗转；高怀犹有故人知。

徐特立赠王汉秋：有关家国书常读；无益身心事莫为。

老舍赠于志恭：壮丽关山迎晓日；风流人物在中华。

陈毅赠韩国钧：杖国抗敌，古之

遗直；乡居问政，华夏有人。

刘海粟赠友：宠辱不惊，看庭前花开花落；去留无意，望天上云卷云舒。

傅龄安赠柳亚子：青兕前身辛弃疾；红牙再世柳屯田。青兕（sì）：雌犀牛，常用以喻英雄；红牙：柳永词有宜执红牙板唱之说，此联意指柳亚子兼豪放婉约二派的风格。

郭沫若赠马寅初：枳棘成而刺；担黎食之甘。担黎：挑担的黎民，即老百姓。马一浮赠丰子恺：星河界里星河转；日月楼中日月长。星河界、日月楼均为丰之居室名。

周恩来赠王朴山：浮舟沧海；立马昆仑。

郭仁赠狱友：能受天磨为好汉；不遭人忌是庸才。

郭沫若赠陈铭枢：真理唯马克思主义；如来是桂百炼先生。桂百炼：陈之老师。上下联嵌陈之字"真如"。

李大钊赠杨子惠：铁肩担道义；

妙手著文章。此联乃改明杨继盛联而成。原联为："铁肩担道义，辣手著文章。"

郭沫若赠沈雁冰：胸藏万汇凭吞吐；笔有千钧任歙张。

黄兴赠蔡锷：寄字远从千里外；论交深在十年前。

胡洁青赠斯琴高娃：喜怒哀乐，我亦非我；是非曲直，谁就是谁。

高燮赠郑逸梅：人淡如菊；口逸于梅。郑原姓鞠，上联以谐音嵌其姓，下联嵌其名。

邓散木赠周瘦鹃：个中小寄闲情，待移来五岳精灵，供之几席；此处已非故国，且分取南冠涕泪，洒向花枝。南冠：羁囚的代称，当时上海沦陷，周被羁于"孤岛"。

蔡希陶赠吴晗：书归天禄阁；人在首阳山。天禄阁：汉代宫廷藏书之地，借指图书馆，喻吴晗为求生计卖书于清华大学图书馆一事。

周恩来赠冼星海：为抗战发出怒吼；为大众谱出呼声。

冯玉祥赠邓宝珊：五原誓师，赴宁往甘，宣传三民主义；平凉守土，筹粮运草，供给十万大军。

于右任赠蒋经国：计利当计天下利；求名应求万世名。

柳亚子赠高旭：白衣骂座三升酒；红烛谈兵万树花。

黄兴赠陈家鼎：古人却向书中见；男子要为天下奇。

熊瑾玎赠周恩来：叹我已辞欢乐地；祝群常保斗争身。

郭沫若赠李可染，联嵌"可染"二字：可否古今尽人事；染点翰墨侔天工。

蔡锷赠小凤仙：有美一人凤兮凤；与卿同梦仙乎仙。

蔡元培赠北大毕业生：各勉日新志；共证岁寒心。

冯玉祥赠马忍言、季苹夫妇：孝子贤孙，须先救国；志士仁人，最重保民。

蔡锷赠小凤仙：此地之凤毛麟角；其人如仙露明珠。

韩国钧赠陈毅：注述六家胸有甲；立功万里胆包身。

题赠联

郭沫若赠李一氓：国有干城扶赤帜；民之喉舌发黄钟。

田汉赠盖叫天：英名盖世三岔口；杰作惊人十字坡。联嵌盖名"英杰"及代表剧目《三岔口》、《十字坡》。

冯玉祥赠马相伯：松柏长春，前年曾绣公像；乾坤一老，大笔特序拙文。前句说的是1930年马相伯90寿辰时，冯曾与人合送马之绣像。

孙中山赠宫崎滔天：环翠楼中虬髯客；涌金门外岳飞魂。

齐白石赠毛泽东：海为龙世界；云是鹤家乡。

刘永济赠程千帆：读常见书，作本分事；吃有菜饭，着可补衣。

郭沫若赠魏蓉芳：莫学芙蓉空有面；应效芬芳发自心。联嵌"蓉芳"二字。

章士钊赠徐悲鸿：海内共知徐孺子；前身应是九方皋。

齐白石赠胡佩衡：胸中富丘壑；腕底有鬼神。

李尔重赠清洁工人：清洁人，清洁心，清清洁洁清世界。光明地，光明路，光光明明光新天。

郭沫若赠张肩重，联嵌"肩重"二字：道义能担肩似铁；精神不动重如山。

张伯驹赠傅聪：傅相伯师皆是弼；聪明正直即为神。联首嵌其名。

2. 自题联。就是作者自题自用的对联，内容多为警策自己的格言警

句，激励自己奋发向上。古今文人、学者等多好此道。

海瑞自题联：千家国事；读圣贤书。此联寥寥八字，言简意赅，足见作者的正直、认真、无私、进取的品德。

蒲松龄自题铜镇纸联：有志者，事竟成，破釜沉舟，百二秦关终属楚；苦心人，天不负，卧薪尝胆，三千越甲可吞吴。这副对联，是蒲松龄早年刻在铜镇纸上的座右铭，作者以项羽和勾践那种不达目的决不罢休的精神来砥砺自己，表达了奋发向上的决心。果真是有志者事竟成，蒲松龄终以一部《聊斋志异》，奠定了他在文学史上的地位。

邓石如自题书屋联：沧海日，赤城霞，峨眉雪，巫峡云，洞庭月，彭蠡烟，潇湘雨，武夷峰，庐山瀑布，合宇宙奇观，绘吾斋壁；少陵诗，摩诘画，左传文，马迁史，薛涛笺，右军帖，南华经，相如赋，屈子离骚，收古今绝艺，置我山窗。上联连列九处胜景，构成了一幅"宇宙奇观"，可见作者胸怀之广阔。下联连列九位文化名人（有的以作品代人）的作品，可谓是"古今绝艺"，可见作者才艺奇绝。

钟云舫自题联：侠烈一层，刚傲一层，愚拙一层，懒惰一层，屈指人间谁似我；功名相厄，银钱相厄，疾病相厄，患难相厄，伤心命运不如人。此联实际是自嘲联。巴蜀才子钟云舫的一生充满了困顿挫折，虽熟读经史，但因侍奉卧病的祖母和父亲达17年之久，误了考场和仕途。他一生写作对联1850余副，却在人生之路上吃尽了苦头。此联正是作者的自画像。

老舍自题联：付出九牛二虎力；不作七拼八凑文。此联讲作者的作文原则，也是讲作家的职业道德，写作必须以对读者负责的精神，付出九牛二虎之力，决不七拼八凑糊弄人。

书斋联

书斋，被喻为知识分子脑力劳动的特殊车间。古今文人雅士都对自己的书斋怀有一种特殊的感情，常常以楹联这种传统的文学形式来吟咏自己的书斋，谓之"书斋联"。其联，或以抒情，或以明志。从某种意义上讲，书斋联和题赠联有一定的联系，主人把别人题赠的对联或自己拟写的对联挂在书斋，就可以成为书斋联。书斋联多以文采见长，构思奇巧、风格迥异，令人读之品之，颇感意味深长。

古人读书大多和功名相关，所以不少的书斋联以苦读励志为内容，其中最直白的当属清代康熙朝文华殿大学士兼礼部尚书张英的一副书斋联："保家莫如择友；求名最好读书。"苦读求名，果然成

功，最后官至一品。

如果说张英的书斋联不加掩饰，直截了当，那么乾隆进士彭元瑞的书斋联则是花哨加隐晦了：

书斋联

"何物动人？二月杏花八月桂；有谁催我？三更灯火五更鸡。"古代各省乡试均在八月，称谓"秋闱"，正是桂花飘香的时节，而礼部会试在二月，称为"春闱"，正当杏花盛开。为了八月、二月的科举考试，废寝忘食，后来果然一举高中，官至吏部尚书。

读书人中以书为趣，悠然自得的，大有人在。南宋爱国词人陆游为自己的"老学庵"自题书斋联：万卷古今消永日；一窗昏晓送流年。

爱国和读书相通，自古至今都是有志节生追求的真理。孙中山先生的书斋联是："愿乘风破万里浪；甘面壁读十年书。"毛泽东自题的书斋联是："苟有恒，何必三更起五更眠；最无益，只怕一日曝十日寒。"

最美的书斋联当属语言学家王力的那副："人在画桥西，冷香飞上诗句；酒醒明月下，梦魂欲度苍茫。"尽显超然诗意。

现代家居书房中的楹联

楹联 孙中山

文艺作品联

在清代以后的文学作品中，作者在描绘人物、社会风貌、场景、环境时，往往也插入一些对联，它是整个作品的有机组成部分，为作品润色增光。

《红楼梦》第五回《游幻境指迷十二钗，饮仙醪曲演红楼梦》中，贾宝玉随秦可卿来到上房内间，见房内悬挂一联：世间洞明皆学问；人情练达即文章。此联的原意是规劝人们明了世事，通晓人情，以便明哲保身，青云直上，这引起了宝玉的反感。如果剔除其糟粕，赋予进步性内容，即鼓励人们研究世上事物，通晓人间情理，还是一副好对联。

《三国演义》第三十七回《司马徽再荐名士，刘玄德三顾草庐》中，刘备冒着风雪到卧龙冈拜访诸葛亮，见其中门之上书有一联：淡泊以明志；宁静而致远。此联是对诸葛亮志向和形象的恰当描述，未睹其人，先见其心，使刘备对诸葛亮更加敬重。

《水浒传》第二十九回《施恩重霸孟州道，武松醉打蒋门神》中，武松来到快活林，见蒋门神酒店门前的两杆销金旗上书有一联云：醉里乾坤大；壶中日月长。此联尽言酒的魅力和醉里的奥妙体验，它的生命力很强，数百年来传颂不衰。

《西游记》第十七回《孙行者大闹黑风山，观世音收伏熊黑怪》中，孙悟空为讨回被盗的袈裟来到黑风洞，见二门之上书有一联：静隐深山无俗虑；幽居仙洞乐天真。此联刻画了黑风洞的幽静环境，也表达了熊黑怪的不俗"志向"。

另外，《封神演义》、《警世通言》、《醒世恒言》、《聊斋志异》、《镜花缘》、《金瓶梅》、《儒林外史》等小说，也有佳联穿插其间，不再引述。

还有一种就是题在画上的对联，不仅可丰富画面的整体感觉，也为解释画作寓意、增添情趣起到画龙点睛的作用。

郑燮题《竹梅图》联：虚心竹有低头叶；傲骨梅无仰面花。此联颂竹梅也即颂人品，上联赞誉竹谦虚的美德，下联刻画梅的精神，旧时的知识分子，若做到这两点，便可算是完美的人格了。

郑燮还有一副题画竹联：未出土时先有节；纵凌云处也无心。此联借写竹之特性，赞誉有节操而谦虚的人品。

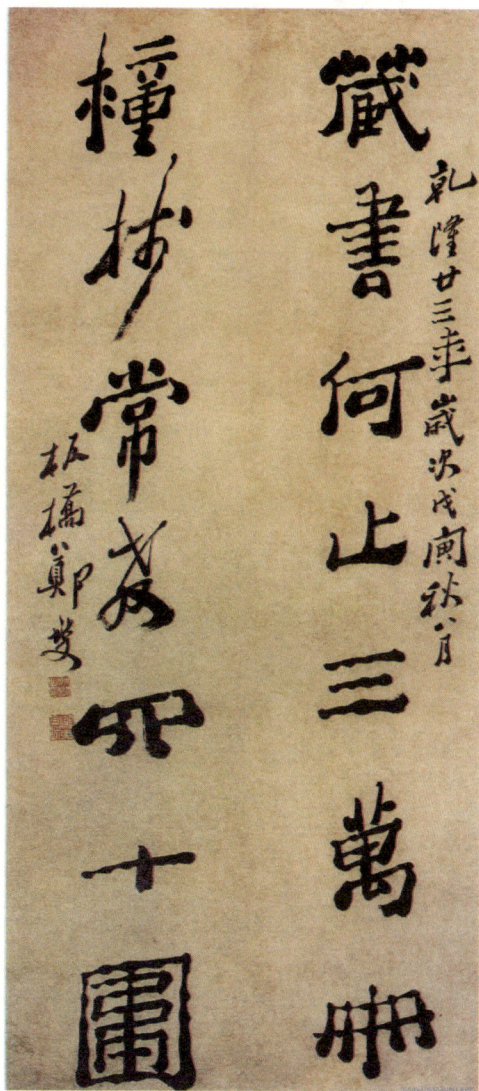

藏書何止三萬冊
種樹常發四十圍

乾隆廿三年歲次戊寅秋月
板橋鄭燮

郑板桥作品欣赏

杂联

杂联

除以上对联种类外，还有一些其他形式的对联，数量不多，均可入杂联。

1. 宅第衙署联

梁同书题阅微草堂联：万卷编成群玉府；一生修到大罗天。阅微草堂是纪晓岚故宅。纪晓岚编纂《四库全书》时，精审细校，提高了编辑质量和学术价值，所以上联将《四库全书》誉为"群玉府"。"大罗天"是道家所称三十六天之中最高的一重天，作者拈来设喻，极言纪晓岚精神境界的高尚。

郭沫若为蒲松龄故居题联：写鬼写妖，高人一等；刺贪刺虐，入骨三分。上联抓住《聊斋志异》故事内容的特点，肯定了蒲松龄的创作成就；下联抓住《聊斋志异》主题的积极意义，肯定了"入骨三分"的深刻和犀利。

孙中山题居室联：一椽得所；五桂安居。此联体现了孙中山先生不图个人享受，追求全社会安居的理想和追求。陆游《夜雨》诗："寒雨连三夕，幽居只数椽。"但作者只求"一椽得所"，多么容易满足啊！

安徽省长公署联：万卷虽多当读破；一言惟恕期实行。上联说多读书，下联说要有实际行动，做到这两点，就是不错的省长了。

黄梅县署大堂联：催科不免追呼，愿百姓早完国课；省事无如忍耐，劝众人莫到公堂。上联愿百姓早缴赋税，下联劝众人莫打官司。倘能如此，县署就清闲多了。

独山州署联：茅屋三间，坐由我，卧由我；里长一个，左是他，

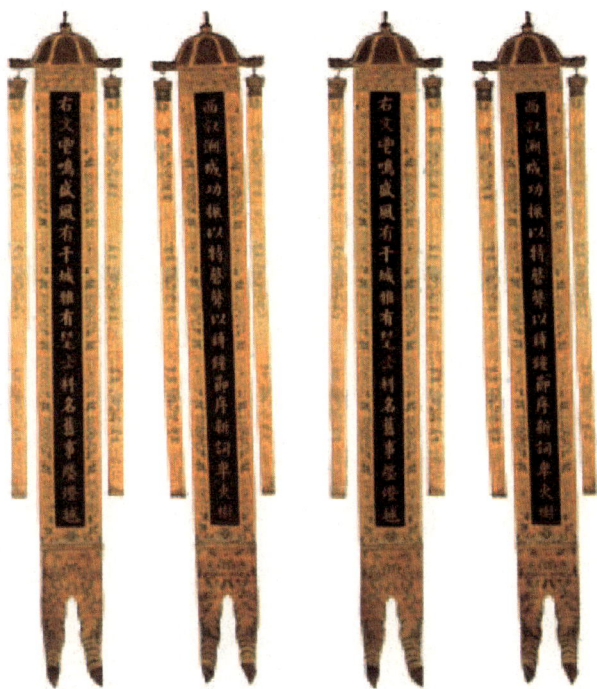

乾隆千叟宴灯联

右是他。

此联为州官赵从谊自题官署楹柱联。独山州城极荒凉，衙署也非常简陋。联语写出了这种景况。

2. 艺苑戏台联

邯郸武灵丛台联：滏水东渐；紫气西来。邯郸丛台，战国赵武灵王时所建，供观看军事操练和歌舞所用。上联写实，谓滏水由此向东流去；下联虚拟，谓台西湖光瑞气氤氲其间。

沈阳故宫书房联：好官况味清如此；君子交情淡不妨。故宫书房，是供皇族、大臣读书的地方。上联说，作为好官，要时刻不忘读书，清廉自守；下联说，君子相交，只为志趣相投，不图名利。全联文字平淡，寓意却十分深刻。

杭州西泠印社联：旧雨新雨，西泠桥畔各题襟，溯两汉渊源，籍征鸿雪；文泉印泉，四照阁边同剔藓，挹孤山苍翠，合仰名贤。作者胡宗成。该联以酣畅欢快的词语，记述了印社同人高雅的艺术活动。

光绪题颐和园德和园戏楼联：八方开域皆为寿；兆姓登台总是春。此联不仅是写戏台。上联由小戏台联想到纵横八万里的大舞台；下联由演员登台演出，联想到黎民百姓的安居乐业、温馨祥和的生活，同时表现了太平盛世的景象。

丹桂茶园戏台联：丹经九转而成，看菊部文章，真摹到神仙化境；桂喜一枝可折，请梨园子弟，来与争富贵虚名。上联对传统的戏曲艺术形式高度赞扬，演得出神入化；下联则表现了对戏曲内容的批评，富贵只是虚名，不必苦争。上下联首字嵌入了"丹桂"二字。

3. 灯联。我国传统习惯中的"元宵节"也叫"灯节"，有些地方举行非常隆重的灯会，在花灯上所题对联，称为灯联，其内容多为喜庆吉利的话语。

北宋时，有个叫贾似道的人镇守淮阴（今扬州）时，有一年上元灯节张灯，门客中有人摘唐诗诗句作门灯联："天下三分明月夜，扬州十里小红楼。"据说，此联为我国最早的灯联。此后历代都有人争相效仿，在大门或显眼的柱子镶挂壁灯联、门灯联，不仅为元宵佳节增添了节日情趣，也为赏灯的人们增加了欣赏的内容。

最为人津津乐道的恐怕是北宋王安石妙联为媒的故事了。王安石20岁时赴京赶考，元宵节路过某地，边走边赏灯，见一大户人家高悬走马灯，灯下悬一上联，征对招亲。联曰："走马灯，灯走马，灯熄马停步。"王安石见了，一时对答不出，便默记心中。到了京城，主考官以随风飘动的飞虎旗出对"飞虎旗，旗飞虎，旗卷虎藏身。"王安石即以招亲联应对出，被取为进士。归乡路过那户人家，闻知招亲联仍无人对出，便以主考官的出联回对，被招为快婿。一副巧合对联，竟成就了王安石两大喜事。

传说明成祖朱棣于某年元宵节微服出游，路上遇见一秀才，两人谈得很投机。朱棣出上联试他才情，上联是："灯明月明，灯月长明，大明一统。"没想那秀才的下联脱口而出："君乐民乐，君民同乐，永乐万年。""永乐"是明成祖年号，朱棣大喜，遂赐他为状元。

4. 器皿联。雕刻、烫镀、浇

古迹联

铸在各种日用器皿上的对联称器皿联。砚台、墨盒、镇纸、笔管、茶壶、酒杯、香炉上常题有对联。如蒲松龄铜镇纸上的自勉联："有志者，事竟成，破釜沉舟，百二秦关终属楚；苦心人，天不负，卧薪尝胆，三千越甲可吞吴。"

5.谜联。谜语，是我国一种民间文艺形式，主要有物谜和字谜两大类。清代文学家纪晓岚在一次灯节时，在宫灯上写了一副谜联：

黑不是，白不是，红黄更不是，和狐狼猫狗仿佛，既非家畜，又非野兽；诗也有，词也有，论语上也有，对东南西北模糊，虽为短品，也是妙文。乾隆皇帝和大臣们猜来猜去，就是猜不着，最后还是纪晓岚说出谜底：猜谜一上联是一个"猜"字，下联是一个"谜"字。

6.名片联。在名片上印上对联，代替官衔职务，更显儒雅之风。如：礼信待人，诚谦律己，广交益友尊师表；诗书养性，拳剑强身，默占一歌品韵香。

7. 乡景联。

（1）春日最闲，笑与儿童追柳絮；新茶初暖，争邀邻舍品槐花。

槐花清香可食，春天以槐花加上白面，可以做成好几样食品。柳芽儿也可入膳，算做野菜。

（2）笑无赖儿童，偷尝春麦双颊绿；羡活泼少女，悄染凤仙十指红。

春末夏初时，麦子初结实的时候，揉之清淡甜香，可食，小儿去田地捋麦吃，往往涂得一脸嫩绿，望之憨态可掬；而少女则用凤仙花将指甲染得鲜红，更见天真活泼之神态。

（3）频扫花泥怜燕子，闲抛春谷喂鸭儿。

（4）扫叶待邻人，酪醴酒暖；围炉说庄稼，绿豆茶香。

酪醴酒，是乡民自酿的一种粮食酒，度数不高，要温了才好喝，有温胃舒筋、强身健体之效。绿豆茶是用绿豆和红薯掺在一起熬的汤。

（5）杨柳荫中，时见稚儿骑竹马；葡萄架下，静听祖母说女牛。

七月七日，传说在葡萄架下可以看到牛郎织女相会。

（6）临水避人描藕叶，隔墙呼伴绣鸳鸯。

大姑娘出嫁前，大多亲手绣些枕套之类的东西，常见的花样自然少不了鸳鸯荷叶。找不到花样子，便到池畔照着荷叶去描，又怕人看到，很是难为情。

（7）闲修老圃烧桐叶，净扫秋坪晒菊花。

豫东号称泡桐之乡，桐叶到秋天烧了，可充当有机肥。白菊花晒干了，泡茶喝，清心去火。

（8）村后尚存烧酒肆，门前频过卖花车。

因为水好，因此酿酒的作坊不少，现在这些小作坊早已作废，换之以县里的酒厂了。水好，种出来的各色鲜花也好，很早就有卖花车从门前经过，留香一路。

春色满院

名人名联欣赏

子美集開詩世界
伯陽書見道根源
漱園觀察屬
何紹基

何绍基书

龜水初晴浪澄煙外
幽篁未放香在雲端
板橋鄭燮

郑板桥书

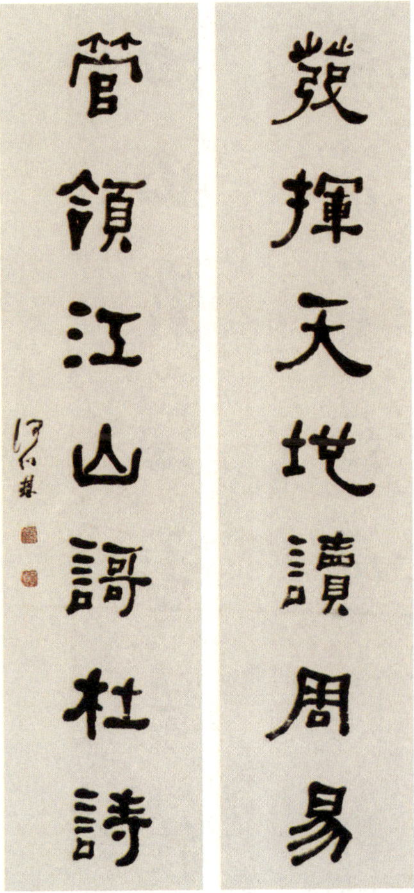

發揮天地讀周易

管領江山詩杜詩

一尺輪囷霸螃美

十分澈灩杜醅濃

蜀人張大千

名人名联欣赏

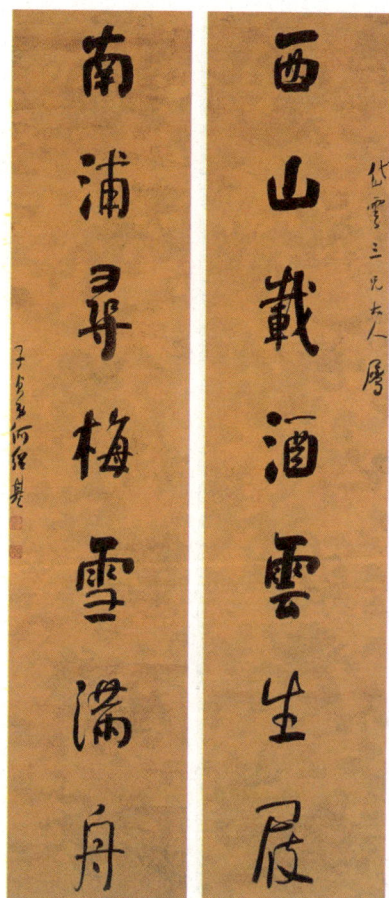

西山戴酒云生屐
南浦寻梅雪满舟

优云三兄大人属
何绍基 书

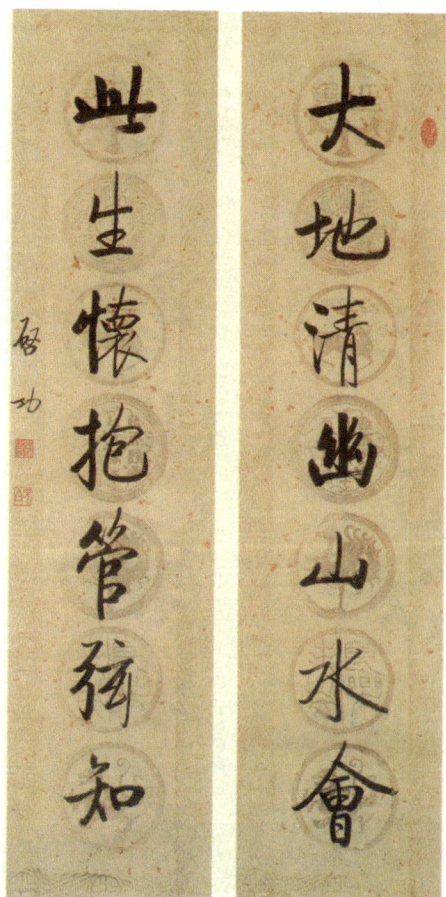

大地清幽山水会
此生怀抱管弦知

启功 书

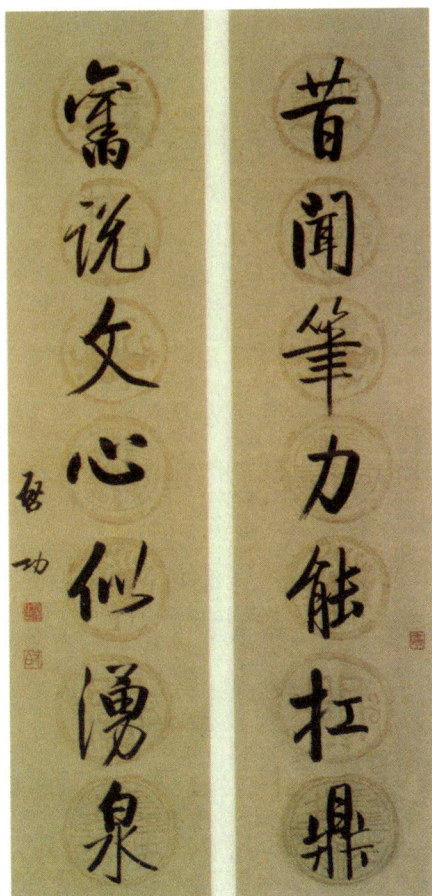

后 记

中国，有着久远的历史和深厚的文化，是传统保留和艺术创新有机结合的和谐体。而中国丰富多彩的民间艺术，就像是这块神奇热土上绽放的一朵朵花。它的清香轻拂过每个中华儿女的心窝，它的韵味涤荡过每个中华儿女的情怀。编撰《中国传统民俗》丛书，正是想再一次亲近这些民间艺术，再一次唤起广大群众对这些珍贵遗产的关注与重视。

本书是《中国传统民俗》丛书的第四本《民间节庆楹联》。全书从楹联的起源、称谓、特点、格式讲起，以大量古今楹联的实例为依托，将春联、婚联、寿联、行业联等楹联类别进行了详细介绍，既有通俗易懂的知识概述，又有诙谐幽默的楹联故事，是一本家庭必备的楹联实用手册。

本书的编撰由长沙市群众艺术馆的有关同志承担，左汉中老师指导并作代序。全书图片及文字部分的编选由马芳负责，并由谢颖工作室设计。同时还要感谢《集字春联》的作者提供了大量精彩的图片资料，正是他们在资料上的支持使书的内容更加丰富多彩。

本书的完成还得到了长沙市群众艺术馆、湖南美术出版社有关领导、专家的关心和指导，谨在此一并致以衷心的感谢！

编者

2012年10月23日